Isabel Rohner

SCHWARZE PETRA

Isabel Rohner

SCHWARZE PETRA

Kriminalroman

ULRIKE **HELMER** VERLAG

Printausgabe gedruckt auf FSC-zertifiziertem Frischfaserpapier

ISBN 978-3-89741-458-7

CRiMiNA ist ein Imprint des Ulrike Helmer Verlags, Roßdorf b. Darmstadt
© 2022 Copyright Ulrike Helmer Verlag, Roßdorf b. Darmstadt
Alle Rechte vorbehalten
Covergestaltung: Atelier KatarinaS / NL
unter Verwendung einer Fotografie von
© Pellegrina / photocase.de
Druck und Bindung: CPI, Leck
Printed in Germany

www.ulrike-helmer-verlag.de

Starring

LINN KEGEL

eigenbrötlerische Autorin, die sich bisher mit Krimis einen
Namen gemacht hat und nun als Theaterautorin international
durchstarten will. Die Uraufführung ihres Stücks *Schwarze Petra*
steht vor der Tür, in der Regie von

BETTINA HEIDENREICH

bis vor kurzem Chefin einer Künstleragentur, jetzt aufsteigender
Stern am Regiehimmel – nicht nur zur Freude von

JONATHAN THALHEIM-SOMMER
(eigentlich Sven Meier, aber damit wird man nicht Intendant)

ehrgeiziger Chef der *Festung* in Wien, der nach der Corona-
Pandemie um jeden Preis einen großen Erfolg und die mediale
Aufmerksamkeit braucht. Genau wie

TRINA HUHN

ebenso ehrgeizige Dramaturgin mit eigenen Plänen für die
Festung. In diesen kommt wahrscheinlich eher nicht vor

JEAN-CLAUDE PORTER

nicht minder ehrgeiziger Regisseur, der sich mit seiner Inszenierung von *Leonce und Lena* zu Unrecht auf die Studiobühne verbannt fühlt, und

PEPPI WALZENHUBER

altgediente Garderobiere, die immer ganz genau weiß, was und wer in der *Festung* umgeht, und ein besonderes Auge geworfen hat auf

FRANZ BANKL

der als Pförtner von einer beruflichen Veränderung träumt, vielleicht sogar an der Seite von

ROSEANNE CARLYLE

die als erste Schwarze am Wiener Staatsballett den Weißen Schwan getanzt hat, allerdings nur inoffiziell – anders als

VERO AMSTEL

hellhäutige Schauspielerin, die in der Hauptrolle von *Schwarze Petra* brillieren will und dabei erneut den größeren Part hat als

TARKAN KELLER

ehemals bekanntester Travestie-Künstler in Köln, der aber viel lieber der erste Man of Colour in der Rolle des Hamlet in Wien wäre. Hadert damit, an der *Festung* erneut nur eine Nebenrolle zu spielen, erfreut damit jedoch

HOSHI TAKAHASHI

Schauspielschülerin und Telenovela-Fan aus Tokio, die in der
Festung als Statistin jobbt, anders als

MATTI JOHANNSON

der beauftragt ist, die Rolle eines mysteriösen Autors zu spielen.
Sehr zum Ärger von

LINN KEGEL

die nie gedacht hätte, dass ihr Start als Theaterautorin so
schwierig und ihr Stück so ein Drama sein würde.

WEITER SPIELEN EINE ROLLE:

ein Suppenhuhn
Jo Hartmann, Linn Kegels Verleger
Roland Weißweiler, Redakteur von LITERATUR HEUTE
eine Kassiererin
ein Taxifahrer
weitere Journalistinnen und Journalisten (Print, TV, Online)
zahlreiche junge Leute von der Schauspielschule
Bühnenarbeiterinnen und Bühnenarbeiter
ein Regieassistent
Konstanze aus der Maske
viele aufmerksame Kellner in Wiener Kaffeehäusern
der Kanon
die Liebe
… und verdammt viel Alkohol

AUF DIE OHREN GIBT'S:

Tarkan: *Şımarık*
Rudolf Sieczyński: *Wien, Wien nur du allein*
Johann Strauß: *Wiener Blut*
Falco: *Vienna Calling*
Conchita Wurst: *Rise like a Phoenix*
Mariah Carey (aus Prinzip)

Prolog

Der Moment, in dem er begriff, dass es Liebe war, war ganz anders, als er immer gedacht hatte.

Hätte ihn früher jemand gefragt, wie er sich diesen Moment vorstellte, er hätte etwas von einem einsamen Strand bei Sonnenuntergang oder mindestens einem romantischen Abendessen bei Kerzenschein und Rotwein erzählt.

Dabei war er gar kein Romantiker. Trotzdem war das seine Vorstellung von Liebe. Geprägt von hunderten von Filmen, Fotos und Plakaten. Von Liebesliedern, die jeden Tag im Radio liefen. Von angeblich persönlichen Posts tief ausgeschnittener Facebook-Schönheiten, auf die er natürlich kein einziges Mal geantwortet hatte. Er war schließlich weder naiv noch dumm. Zudem hatte er einmal eine Doku gesehen, in der aufgedeckt wurde, dass sich hinter diesen Profilen vermeintlich einsamer Frauenherzen ganze Dorfgemeinschaften junger Männer aus Ostafrika verbargen.

Auch die Frage, ob er denn noch nie geliebt habe, hätte er rundum verneint. Natürlich hatte er geliebt! Mehrfach sogar. Waren seine bisherigen Beziehungen nicht der Beweis dafür? Mit seiner letzten Freundin hatte er fünf Jahre zusammengelebt. Fünf gute Jahre, aber irgendwann hatte es halt nicht mehr gepasst. Keine große Sache. Inzwischen lebte sie in der Toskana. Er schrieb ihr noch zu Weihnachten und zu ihrem Geburtstag, auch wenn sie nie antwortete.

Und dann war da dieser Moment. Einfach so. Plötzlich wusste er, was Liebe bedeutete. Bämm!

Was er in diesem Moment fühlte, ging weit über alles Bekannte hinaus. Es war etwas völlig Neues. Dabei war die Situation denkbar unromantisch: Er stand nämlich gerade im Supermarkt vor der Tiefkühltheke, zwischen Pizza und gefrorenen Hähnchen.

Die Erkenntnis durchfuhr ihn wie ein Blitz – nein, eher wie eine ganz kurze Zündschnur, die direkt zur Explosion führt. Plötzlich war da dieses Leuchten in ihm. Dieses tiefe, warme Leuchten. Die Welt um ihn herum wurde mit einem Schlag bunter, als hätte jemand eine graue Folie abgezogen – sogar der Supermarkt, in dem er gerade einkaufte. Da wusste er: Er liebte. Er war nicht verliebt, er liebte.

Am liebsten hätte er sich die Oma mit Rollator, die gerade vor dem Regal mit den Konserven stand, gegriffen, hätte sie an sich gedrückt und wäre mit ihr durch die Gänge getanzt. Doch das traute er sich dann doch nicht. Stattdessen starrte er weiterhin die Tiefkühlprodukte an und versuchte zu verstehen, was in ihm vorging.

Dieses Gefühl, das er da spürte, war weder das Ergebnis einer bewussten Entscheidung – jetzt liebe ich! –, noch war es die unumgängliche Folge einer längeren Entwicklung. So lange kannte er sie ja noch gar nicht. Weder wusste er, ob sie Popcorn lieber süß oder salzig aß, noch, ob sie eine ähnliche Vorstellung von der Zukunft hatten. Dieses Gefühl hatte auch nichts mit sexuellem Verlangen zu tun. Keine Frage: Sex war ihm immer schon wichtig gewesen. Aber das hier war, als wüsste etwas in ihm mehr als er. Ob das diese Seele war, von der in der Literatur immerzu die Rede war? Er liebte. Und er konnte nichts dagegen tun.

In der Tiefkühlabteilung öffnete er mehrere Schiebetüren. Die herausströmende Kälte kühlte seine heißen Wangen. Er griff hinein, wählte aus, legte wieder zurück, wählte erneut. Er konnte sich nicht konzentrieren und war sich sicher: Jeder, der ihn hier stehen sah, musste ihm ansehen, was gerade in ihm vorging.

Was wollte er überhaupt einkaufen? War Essen denn überhaupt noch wichtig?

Er schob den Einkaufswagen weiter in Richtung Milchprodukte. War die Schrift auf dem Sahnejoghurt schon immer so fröhlich gewesen? Blaubeere oder Ananas schien keine Frage mehr zu sein: Er nahm sie beide – und Kirsche noch dazu! Auch eine Packung Milch stellte er beschwingt in seinen Wagen, ein halbes Pfund Butter, Toast und ein Glas Orangenmarmelade. Dabei frühstückte er eigentlich nur sonntags. Sein Herz schlug bis zum Hals, auch seine Hände fühlten sich noch wärmer an als sonst.

Im Gang mit den Toilettenartikeln hielt er es fast nicht mehr aus. Was würde wohl passieren, wenn er jetzt einfach sein Glück hinausjubelte? Er griff sich eine Packung Klopapier und umschlang sie mit beiden Armen. Sie fühlte sich ganz weich an. Er drückte die Packung so stark an sich, dass sich die Papierrollen verformten. An einer Ecke platzte die Plastikhülle auf. Er presste sie noch fester an seine Brust.

Er liebte! Er liebte zum ersten Mal!

Er legte die versehrte Packung zurück auf den Stapel und nahm sich eine neue.

An der Kasse packte er seine Einkäufe auf das Band und wunderte sich über das gefrorene Suppenhuhn, das plötzlich zwischen den Eiern und der Schokolade lag. Seltsam, er konnte sich nicht erinnern, es in den Wagen gelegt zu haben. Er hatte in seinem Leben noch nie ein Suppenhuhn gekauft. Aber warum eigentlich nicht? Wie es so verpackt vor ihm lag, sah es sehr schön aus. Schutzlos, nackt und eingeschweißt.

Die Kassiererin musterte ihn und fragte, ob alles in Ordnung sei.

Wusste er's doch: Man sah es ihm an!

»Alles in bester Ordnung!«, antwortete er und räusperte sich. »In allerbester sogar!«

»Dann ist ja gut«, antwortete sie.

Zuletzt legte er die Tafel Schokolade aufs Band. »Wussten Sie, dass Schokolade Gottes Antwort auf Brokkoli ist?«

»Nein, das habe ich noch nie gehört«, sagte sie. Hatte sie ihm gerade zugezwinkert? Er war sich nicht sicher.

Er wünschte ihr einen besonders schönen Tag und zwinkerte zurück. Hatte er so etwas bislang jemals getan? Warum eigentlich nicht?

Als er wieder auf dem Parkplatz war und den Einkaufswagen in die dafür vorgesehene Rückgabereihe geschoben hatte, konnte er nicht mehr anders: Er machte einen Hüpfer – ja, er schlug dabei sogar seine Füße aneinander. Er liebte! Noch einmal hüpfte er. Und noch einmal. Er konnte gar nicht aufhören zu hüpfen. Er hüpfte, bis er sein Auto erreicht hatte. Dass es zu regnen angefangen hatte, war ihm gar nicht aufgefallen. Erst als er im Auto saß, merkte er, dass er bis auf die Haut durchnässt war. Es war ihm egal.

Willkommen in Wien!

Das Taxi müffelte nach Salami. Linn Kegel hatte es schon beim Einsteigen gerochen. Doch nach dem frühmorgendlichen Flug von Köln nach Wien spielte das auch keine Rolle mehr. Sie wollte, so schnell es ging, ins Hotel. Um halb vier Uhr war sie aufgestanden, um den Flieger um kurz nach sechs zu kriegen, der natürlich – wie sollte es auch anders sein – erst mit einer Stunde Verspätung gestartet war. Wirklich viel geschlafen hatte sie in der vergangenen Nacht nicht. Wie denn auch? Normalerweise ging sie überhaupt erst gegen zwei Uhr ins Bett.

Jetzt sehnte sie sich nach einer ausgiebigen Dusche. Und nach einem großen Kaffee. Die Brühe im Flugzeug war bestenfalls ein netter Versuch gewesen. Sie würde sich einfach gleich in eines dieser Kaffeehäuser setzen. Machte man das nicht so in Wien? Erst eine Runde Kaffeehauskultur, dann würde alles andere schon werden. Terminlich sollte das hinhauen. Vielleicht würde dann auch ihre Nervosität nachlassen. Die kam nämlich nicht vom Kaffee. Nein, der Grund ihres Aufenthalts machte sie nervös: Morgen würde ihr erstes Theaterstück, *Schwarze Petra*, in der Wiener *Festung* uraufgeführt werden – am innovativsten Theater von ganz Österreich! Inszeniert auch noch von ihrer Freundin Bettina Heidenreich, die ihren Job als Chefin einer Kölner Künstleragentur an den Nagel gehängt hatte und seit einiger Zeit erfolgreich als Theaterregisseurin unterwegs war.

Linn hatte es selbst kaum glauben können. Doch nachdem

ihr letzter Krimi *Gretchens Rache* im gesamten deutschsprachigen Raum ein Erfolg geworden war, kam tatsächlich eine Anfrage von der Dramaturgin der *Festung*. Die Theaterszenen in *Gretchens Rache* – in der Handlung spielte ein Dinnertheater eine entscheidende Rolle – hatten sie so überzeugt, dass sie bereit war, Linn mit der Entwicklung eines Bühnenstücks zu beauftragen. – Bingo! Zumal Linn ohnehin keine Lust mehr auf Mördergeschichten hatte. War die Realität nicht grausam genug? Brauchte es überall, in jedem Buch und fast jedem Fernsehfilm, auch noch massenhaft Tote? Vor allem die omnipräsenten Frauenleichen in Krimis konnte Linn inzwischen kaum mehr ertragen. Meistens lagen sie jung und schön, nackt oder halbnackt, irgendwo rum, begafft von Kommissaren und TV-Publikum gleichermaßen. Aber auch bei der auffallenden Überzahl an Mörderinnen in Krimis überkam Linn das dringende Bedürfnis, auszuschalten: Es schien fast so, als hätten sich alle Drehbuchautoren verschworen, im Namen der Innovation alle Gewaltstatistiken der Polizei zu ignorieren und fast nur noch Frauen als Kriminelle zu inszenieren.

Nein, mit Gewaltverbrechen war sie durch. Stattdessen hatte sie Lust, mal etwas anderes zu schreiben. Schluss mit Mord und Totschlag – her mit Philosophie und Theater!

Jo Hartmann war von diesen Plänen zunächst gar nicht begeistert gewesen. Sie hatte die Stimme ihres Verlegers noch im Ohr, wie er sie durchs Telefon anblaffte: »Was?! Ein Theaterstück wollen Sie schreiben? Und das jetzt, wo sich endlich mal eines Ihrer Bücher verkauft? Haben Sie noch alle Tassen im Schrank?«

Doch bald hatte auch er sich an die Idee gewöhnt und feilte seitdem mit zunehmender Begeisterung zusammen mit dem Theater an der Vermarktungsstrategie. Umso besser, hatte Linn gedacht und sich rausgehalten. Sie war froh, dass sie sich aufs Schreiben konzentrieren konnte.

»Sag mal, hörst du mir überhaupt zu?« Bettina Heidenreichs verrauchte Stimme zerrte Linn aus ihren Gedanken. »Hallo? Erde an Frau Bestseller!«

»Sorry«, stammelte Linn und fuhr sich durch die ungekämmten kinnlangen roten Haare. »Was hast du gesagt?«

Bettina schüttelte den Kopf. »Mensch, *Chegel*, du machst mir Spaß. Ich erzähl mir hier einen Wolf und du träumst vor dich hin. Hat dir der Salamigeruch das Hirn vernebelt?«

Linn mochte es sehr, dass Bettina als einzige aus ihrem Freundeskreis versuchte, ihren Nachnamen schweizerdeutsch auszusprechen. Nach fünfzehn Jahren in Deutschland passierte es ihr inzwischen selbst, dass sie *Kegel* statt *Chegel* sagte.

»Sorry, war eine kurze Nacht.«

»Sorry auch von mir«, entschuldigte sich der Taxifahrer. »Ich hab noch überlegt, ob ich mir lieber ein Matjesbrötchen kaufen soll.«

»Schon klar«, antwortete Bettina beiden, um sich dann wieder Linn zuzuwenden. »Wir fahren jetzt jedenfalls direkt ins Theater. Dann kannst du dir alles anschauen, bevor um elf die Pressekonferenz und um zwölf die Generalprobe beginnt. Du kannst dir gar nicht vorstellen –«

»Aber, ich wollte erst –«, versuchte Linn zu protestieren, doch ihre verbal wie körperlich präsente Mitfahrerin ließ sie erst gar nicht zu Wort kommen.

»– wie hektisch es gerade ist. Es ist echt reine Nettigkeit von mir, dass ich dich vom Flughafen abgeholt habe. Scheiß Verspätung! Aber wenn wir Glück haben, sind wir kurz nach halb zehn am Theater. Das geht ja noch. Du wirst staunen, wenn du das Bühnenbild siehst … Dieses Bühnenbild ist der Wahnsinn! Absolut irre! Ganz großartig! Ich bin sicher, dass du mir das nicht zugetraut hättest. Ich habe mir gedacht: Wenn ich hier in der *Festung* schon mein Regiedebüt gebe, mache ich das gleich richtig und übernehme auch noch das Bühnenbild. Nicht schlecht, oder? Und das Ensemble musst du kennenlernen. Alles tolle Leute. Völlig unterschiedlich und super divers!«

Bettina machte eine kurze Atempause. Linn nutzte ihre Chance: »Und wann kann ich mal ins Hotel und meinen Kram loswerden?«

»Ach so, nein, darum kümmern wir uns später. Das Hotel, das dir das Betriebsbüro gebucht hat, war ja ein ganz seltsamer Laden. Das habe ich abgesagt. Da finden wir etwas Besseres.«

»Wie bitte? Willst du mir etwa sagen, dass du mein Zimmer storniert hast?«

Ihre barocke Begleiterin winkte ab. »Keine Panik, Frau Bestseller! Wien ist echt voll mit netten Hotels. Du wirst mir noch dankbar sein. Wie viele Nächte willst du bleiben? Drei? Da findet sich in Wien immer was. Eigentlich wollte ich mich ja in den letzten Tagen schon darum kümmern, aber Endproben sind einfach immer wahnsinnig intensiv.«

Linn konnte sich einen lauten Seufzer nicht verkneifen. Sie hatte arge Zweifel daran, dass die Suche nach einem neuen Zimmer so problemlos werden würde wie von Bettina gedacht.

»Jetzt freu dich doch: Du bist in Wien und wir feiern morgen Premiere mit deinem Stück! Hab ich dir eigentlich erzählt, dass Tarkan mitspielt?«

»Tarkan? Du meinst aber nicht den türkischen Schnulzensänger aus Rheinland-Pfalz mit seinem Kuss-Lied? Kennt den überhaupt noch jemand?«

»Ich kenne den!«, mischte sich der Taxifahrer ein und stimmte den Refrain von *Şımarık* an, inklusive Schmatzgeräuschen.

»Danke, aber ich meine Tarkan Keller aus Köln. Hast du den nie erlebt? War mal der begabteste Travestiekünstler von ganz Nordrhein-Westfalen. Aber seit ein paar Jahren will er lieber Shakespeare und Schiller spielen. Ist mit seinem Migrationshintergrund leider nicht ganz einfach. Meistens kriegt er nur Ensemblerollen angeboten, keinen Hamlet, nirgends. Dabei ist gar nicht er eingewandert, sondern seine Mutter. Und auch die ist als Marokkanerin in Frankreich aufgewachsen. Verrückt, oder? Ein bisschen dunklere Haut und schon bist du in der Ausländerkiste. Dabei hast du als eingewanderte Schweizerin mehr Migrationserfahrung als er. Und der Intendant …« Bettina schien ganz kurz über etwas nachzudenken, nervös strich sie sich die wilden, braunen Hexenhaare aus dem Gesicht, »ja, der Intendant ist ein bisschen eigen. Ist halt ein Intendant. Haha, so sind Intendanten nun einmal. Nicht wahr? Haben manchmal komische Ideen.«

Linn zog die Augenbrauen hoch. »Komische Ideen?« Sie kannte ihre Freundin lang genug, um misstrauisch zu werden. Auch wenn sie immer viel redete – dieser Monolog war selbst für Bettina überdurchschnittlich. War das etwa ein Ablenkungsmanöver? Doch wovon wollte sie ablenken?

Die Barocke warf einen unruhigen Blick nach draußen. »Oh, schau mal: Das da ist das Schloss Belvedere. Das solltest du dir in den kommenden Tagen unbedingt anschauen, lohnt sich sehr. Apropos Knutsch-Lied von Tarkan, da hängt auch der *Kuss* von Klimt. Weißt du, dieses Bild, das es inflationär auch auf Kaffeetassen und Duschvorhängen gibt. Ich halte das ja für völlig überschätzt. Aber die Bilder von Helene Funke sind großartig. Ich habe mir schon überlegt, ob ich mir *Träume* als Duschvorhang drucken lasse. Aus Prinzip! Kennst du das Bild? Ganz viele Frauen dösen nach einer durchpolitisierten und durchzechten Nacht zusammen vor sich hin – großartig!«

»Was für komische Ideen hat denn der Intendant?«, versuchte es Linn nochmals. Doch wieder drang sie nicht durch. Bettina war offensichtlich fest entschlossen, auf Stadtführerin zu machen.

»Gleich kommen wir auf den Kärntner Ring. Da vorne siehst du schon das Opernhaus. 1869 eröffnet – und wann, schätzt du, hat die erste Frau hier eine Oper dirigieren dürfen? 1993. Nach läppischen einhundertvierundzwanzig Jahren! Unglaublich, oder? Eigentlich müsste man den Kärntner Ring ja in Simone Young-Ring umbenennen. Und rechts kommt jetzt die Hofburg, da sitzt der Bundespräsident. Wusstest du, dass auch Österreich noch nie eine Bundespräsidentin hatte?« Bettina holte kurz Luft, dann fuhr sie fort. »Wir sind heute aber echt gut durchgekommen. Geht mit dem Taxi ja schon flotter als mit der Bahn. Heute Morgen war's im Zug nach Schwechat proppenvoll. Aber irgendjemand muss ja dafür sorgen, dass du als Landei in der Metropole nicht verloren gehst. Und zwei Taxirechnungen, das hätte mir das Betriebsbüro nicht rückerstattet.«

»Erwarte bloß kein Mitleid, nur weil du mich abgeholt hast. Schließlich verdankst du mir dein Regiedebüt in der *Festung*.«

»Ja, die *Festung* …«, Bettina kratzte sich am Kopf. Auch das war seltsam. Bettina kratzte sich nur, wenn sie nicht weiterwusste. So müde Linn sich auch fühlte, ihr Misstrauen war nun hellwach und pochte gegen ihre Schläfen. »Also, weißt du, die sind da ein bisschen …«

»Was?«, fragte Linn ungeduldig und zuppelte an ihrer dunklen Jeans. »Was ist mit der *Festung*? Jetzt rück endlich raus mit der Sprache! Wird mein Stück doch nicht dort aufgeführt? Findet die Aufführung im Hof statt, oder was ist passiert?«

»Nein, nein«, erwiderte Bettina kurzatmig. »Mit deinem Stück ist alles in bester Ordnung. Der Text kommt auf der Bühne ungeheuer stark rüber. Also, mein Konzept hat dem nochmals richtig gutgetan. Ich habe dir ja noch gar nicht wirklich etwas davon erzählt, also meine Besetzung …«

»Jetzt lenk nicht wieder ab, Heidenreich. Was ist mit der *Festung*?«

Für einen Moment starrte Bettina sie einfach nur an. Sie schien etwas sagen zu wollen. Sie öffnete den Mund und schloss ihn wieder. Das Taxi verlangsamte seine Fahrt.

»Das«, setzte Bettina langsam an, »wirst du« – wieder eine Pause – »leider gleich selbst sehen.«

Im selben Moment hielt der Wagen unmittelbar vor dem Theater.

»Herrschaften, da sind wir! Macht fünfunddreißig Euro.«

Linn hatte die Tür bereits aufgerissen, hatte sich ihre Lederjacke geschnappt und war ausgestiegen. Aus dem Augenwinkel sah sie noch, wie Bettina dem Taxifahrer mit einem fahrigen »Stimmt so« einen Fünfzig-Euro-Schein in die Hand drückte und versuchte, ihr schleunigst zu folgen, was bei Bettinas Körperumfang jedoch nicht ganz so einfach war.

»Ich hasse diese engen Taxis!«

»Küss die Hand, gnä' Frau!«, flötete der Fahrer mit Salamifahne und gespieltem Wiener Schmäh. »Den Koffer hebe ich Ihnen sofort raus!«

Linn stand bewegungslos vor dem Theater und starrte in die Höhe. Ihre Kinnlade war runtergeklappt.

Über die gesamte Breite der *Festung* war ein Banner gespannt, auf dem weiß auf schwarzem Grund geschrieben stand: »Welturaufführung! *Schwarze Petra* von Linu Kegel.«

»*Huere Siech*«, fluchte Linn auf Schweizerdeutsch. »Was zum Teufel soll das?«

»Äh, ja«, rang Bettina neben ihr nach Luft und Worten. Unbeholfen griff sie nach Linns Oberarm. »Das meinte ich mit ›Der Intendant hat manchmal komische Ideen.‹«

»*Linu* ist keine komische Idee! Das ist nicht mein Name. Linn, ich heiße Linn. Nicht Lünn, nicht Lynn, nicht Linu. Ich heiße Linn.«

»Mir brauchst du das nicht zu sagen.«

»Na, offensichtlich schon. Warum hast du denn nichts dagegen unternommen?«

Bettina drehte sich ihr langsam zu und flüsterte ernst: »Es ist nicht nur auf dem Banner so. Es ist überall.«

Linn griff nach ihrem Handy. »Ich rufe jetzt Hartmann an. Und ich will sofort den Intendanten sprechen. Der kann nicht einfach meinen Namen ändern!«

Bettina hielt sie zurück. »Das habe ich doch alles schon versucht. Der Intendant und seine Rechtsabteilung behaupten, dass es sich nicht um eine Namensänderung handelt, sondern nur um eine besondere Typografie. Das U sei ein umgekehrtes N. Und Hartmann weiß Bescheid. Glaub mir: Ich habe alles versucht.«

»Typografie?«, schnaubte Linn. »Dass ich nicht lache! *Linu* klingt wie ein finnischer Männername!«

»Ein rumänischer.«

»Was?«

»Es ist ein rumänischer Männername. Ich hab recherchiert.«

Linn schnappte nach Luft. »Damit suggeriert das Theater, dass *Schwarze Petra* von einem Mann stammt!«

»Ich weiß«, sagte Bettina kleinlaut. »Und wir können uns beide denken, was dahintersteckt.«

Planungsänderung

»Frau Heidenreich! Frau Heidenreich!«, rief eine aufgeregte Stimme und eine ältere Frau mit Schürze stürmte über die große Eingangstreppe auf Bettina und Linn zu. »Maestra! Sie müssen kommen. Sofort!«

»Aha«, sagte Linn anerkennend. »Du lässt dich schon Maestra nennen? Not bad ...«

»Ach, das sagt nur die Peppi zu mir. Ich stell euch vor.«

»Maestra! Jetzt stehen Sie nicht so deppert herum. Kommen Sie!«

Bettina sah die Frau verdutzt an. »Was ist denn? Die Hauptprobe beginnt doch erst um zwölf.« Und mit einem Blick auf Linn: »Das ist übrigens Linn Kegel, die Autorin des Stücks. Linn, das ist Peppi Walzenhuber, die beste Garderobiere zwischen Hamburg und Florenz.«

»Tach«, sagte Linn. »Ich hätte auch gern so einen Ruf.«

Doch die Schürzenträgerin dachte gar nicht daran, sich mit Begrüßungsfloskeln aufzuhalten. »Lassen Sie das! Das spielt jetzt keine Rolle. Sie müssen kommen, alle beide! Der Chef hat die Pressekonferenz vorverlegt. Sie hat schon angefangen. Im Foyer!«

»Er hat *was*?«, rief Bettina wütend. »Das darf ja wohl nicht wahr sein – dieses Ober-Arschloch!«

»Jaja! Aber jetzt kommen Sie!« Die Garderobiere zog zweimal demonstrativ an Bettinas Ärmel und stürmte dann kopfschüttelnd über die Treppe zurück ins Theater.

Bettina setzte an, ihr zu folgen.

»He! Und was ist damit?«, rief Linn und wies mit dem Kopf auf ihr Ungetüm von Koffer.

Bettina verlangsamte ihren Schritt. »Mist. Warum nimmst du denn für drei Tage deinen halben Kleiderschrank mit?«

»Das ist nicht mein Kleiderschrank. Da sind auch Bücher drin.«

»Hä?«

Linn fühlte sich ertappt. Gestern noch hatte sie es für eine tolle Idee gehalten, ein paar Bücher mitzunehmen, in die sie sich in einem Kaffeehaus genüsslich würde vertiefen können. Sie wollte für ein neues Projekt recherchieren. Das sah sie nun anders.

»Na egal. Lass den Koffer stehen. Wir gehen hinten 'rum und sagen dem Pförtner Bescheid. Das ist ein netter Kerl. Der wird sich kümmern.« Bettina rannte um die Ecke des Theaters. »Los jetzt! Mir nach!«

»Wie ich diese dauernden Überraschungen hasse«, murmelte Linn. Sie tat wie geheißen, ließ das Gepäck stehen und trabte hinterher. Just vor dem Bühneneingang hatte sie Bettina eingeholt.

»Herr Bankl – das ist Linn Kegel. Ihr Koffer steht noch auf dem Vorplatz, holen Sie den bitte rein? Ich bringe Ihnen dafür mal eine Stulle mit, versprochen!«, rief Bettina atemlos und schon waren sie an der Pförtnerloge und dem darinsitzenden rundlichen Endfünfziger mit Halbglatze vorbeigestürmt und betraten im Laufschritt die nichtöffentlichen Gänge des Theaters.

»Wo führst du uns hin?«

»Es gibt eine direkte Verbindung von der Kantine zum Foyer. Dann sind wir genau da, wo wir hinmüssen.«

»Und was ist das für eine Pressekonferenz?« Linn hasste es zwar, sich zu beeilen, und war alles andere als eine Sportskanone, aber in Köln fuhr sie Fahrrad – das zahlte sich nun aus. Sie war deutlich weniger außer Atem als ihre Begleiterin.

»Die Pressekonferenz zum Beginn der neuen Spielzeit war eigentlich direkt vor der Generalprobe geplant. Keine Ahnung, was sich der Intendant dabei gedacht hat, sie vorzuverlegen. Das werden wir gleich sehen. In jedem Fall ist es eine Frechheit, dass der Honk ohne mich anfängt.«

Nicht die erste, die er sich leistet, dachte Linn. Dieser Intendant war ihr jetzt schon unsympathisch.

Die beiden hetzten einen engen Flur entlang.

»Da vorne ist schon die Kantine!«

Wie auf Stichwort öffnete sich die Kantinentür und eine auffallend blässliche Frau im geblümten Sommerkleid und mit langen hellblonden Haaren kam ihnen entgegen. Sie schien so in Gedanken, dass sie es vielleicht deshalb nicht schaffte, rechtzeitig Platz zu machen. Linn und Bettina streiften sie nacheinander beide an der Schulter.

»Ey, passt doch auf!«

»Sorry, Vero!«, schnaufte Bettina.

»Sorry, Vero«, wiederholte Linn. »Auch wenn ich nicht weiß, wer du bist.«

»Ach, wer weiß das schon«, erwiderte diese sphinxhaft. Im Vorbeirennen fiel Linn auf, dass auch die Wimpern und Augenbrauen der Frau hellblond waren, fast farblos. Dadurch verliehen sie ihr etwas Sphärisches.

Egal. Sie waren vorbei und rannten durch die Kantine, wo lediglich einer der vielen Tische besetzt war. Ein Mann mit Baseball-Käppi saß dort und stocherte sichtlich grimmig in einem Rührei herum.

»Tach, Jean-Claude, tschüss, Jean-Claude«, keuchte Bettina.

»Ebenso und guten Appetit«, rief Linn dem Mann zu, der übelgelaunt von seinem Ei aufsah.

»Regiekollege«, japste Bettina. »Ihr lernt euch schon noch kennen. Komm jetzt.«

Linn schaute zu dem Mann unter dem Käppi und zog entschuldigend die Schultern hoch.

Bettina war inzwischen an der Verbindungstür zum Foyer angekommen, riss sie auf und schon standen die zwei – mit einigem

Abstand zum Geschehen, doch mit bester Sicht, weil einige Treppenstufen erhöht – im Foyer.

Tatsächlich war die Pressekonferenz schon in vollem Gange: Etwa fünfzehn Leute mit gezückten Stiften oder iPads saßen vor einem kleinen Podest, auf dem ein Mann und eine Frau Platz genommen hatten. Beide schwarz gekleidet, beide mit dickrandigen Brillen, beide groß und blond.

»… und deswegen«, sagte der Mann auf dem Podium gerade, »hat es sich die *Festung* zur Aufgabe gemacht, die Kulturszene in Wien und weit darüber hinaus von Grund auf nicht nur neu zu denken – das tun wir ja schließlich alle seit Jahren, nicht wahr? –, sondern nun auch endlich neu zu machen: mit neuen Künstlern, neuen Stücken, neuen Autoren, einer neuen Ästhetik.«

»Das ist der Intendant. Jonathan Thalheim-Sommer«, flüsterte Bettina Linn zu, die den Mann mit dem markanten Kinn aufmerksam musterte. Das war also der Typ, der aus ihr einen rumänischen Autor machen wollte! Na, der konnte was erleben!

»Und die daneben ist die Dramaturgin. Trina Huhn.«

Mit ihr hatte Linn ein paar Mal telefoniert. Sie hatte Linn mit dem Stück beauftragt. Der Kontakt war jedoch nicht über das Nötige hinausgegangen.

»Die sehen ja aus wie Zwillinge. Die haben als Kinder bestimmt mal Werbung für Apfelsaft gemacht oder so. Und die schwarzen Klamotten und die Brillen gab es irgendwo im Zehnerpack.«

»Sie sind auch privat ein Paar, aber pssst jetzt, ich will zuhören!«

»Corona war schließlich für uns alle eine Zäsur«, fuhr Thalheim-Sommer fort. »Ja, wer hätte gedacht, dass ein Virus es schafft, fast das gesamte Kulturleben in Europa über so eine lange Zeit lahmzulegen. Zwei Spielzeiten haben wir verloren, jetzt muss unser Publikum erst wieder lernen, ins Theater zu kommen und Kunst zu goutieren.«

»Hat der gerade tatsächlich *goutieren* gesagt?«, flüsterte Linn.

»Monsieur hat wohl in Klagenfurt neben Theaterwissenschaften auch noch Romanistik studiert. Seitdem hat er einen Spleen.«

»Lass mich raten: Trina Huhn bestimmt auch.«

»Ja, aber ohne Spleen.«

»Als Theatermacher bin ich überzeugt, dass darin auch eine Chance liegt. Wir können dem Publikum ganz neu zeigen, was Theater ist – und dabei können, nein, müssen wir das Theater von Grund auf erneuern. *Re-nou-vel-er*, wie der Franzose sagt. Da steckt auch die *Novelle* drin – wir brauchen eine neue Art der Erzählung! In den letzten Jahren ist die politische Dimension des Theaters auf den großen deutschsprachigen Bühnen viel zu sehr zurückgetreten hinter das Zelebrieren technischer Möglichkeiten. Da wurden szenische Lesungen abgehalten und gleichzeitig ein Film gedreht. Digitales und Analoges verschwammen – das Publikum wusste nicht mehr, ob es nun im Theater oder doch im Kino sitzt. Wobei, verzeihen Sie mir meinen schwarzen Humor, die vierzig bis achtzig Euro, die eine Theaterkarte kostet, natürlich ein Hinweis gewesen wären.«

Trina Huhn lachte auf. »Oh ja, das wäre ein Hinweis gewesen!«

»Was ich aber sagen möchte: Die Mehrheit unseres Publikums hat die Pandemie zu Hause vor dem Laptop verbracht – unser Publikum sind ja nicht die Verkäuferinnen im Einzelhandel oder die Pflegekräfte im Krankenhaus, die konnten ja kein Homeoffice machen, haha!«

Sehr witzig, dachte Linn. Der Typ wurde ihr von Minute zu Minute unsympathischer.

»Während dieser Zeit hat unser Publikum also hauptsächlich *dans le monde digital* gelebt, darum braucht es jetzt vor allem wieder Menschen, Körper, eine Ästhetik, die es nur im Theater gibt. Und wir müssen dieses Publikum infiltrieren mit neuen Gedanken und Impulsen. Und zwar mit solchen, die es nicht in jeder zweiten Talkshow gibt.«

»Hört, hört!«, rief ein Journalist.

»Da ist durchaus etwas dran«, fand eine Kollegin.

Thalheim-Sommer erntete sogar vereinzelten Applaus aus den Reihen der Presseleute. Trina Huhn nickte bestätigend.

Linn verzog den Mund. Was war das denn für ein Geschwafel! Digital und filmisch konnten ja wohl nur die Theater arbeiten, die es sich leisten konnten. Alle anderen – und das waren mit Abstand die meisten – verfügten, selbst wenn sie es gewollt hätten, doch gar nicht über die Kohle für solche aufwändigen Produktionen. Dieser Intendant schien ihr ein ausgeprägter Schwätzer zu sein.

»Die *Festung* hat das Zeitalter der Postdramatik überwunden – diese Phase, in der die anderen immer noch sind, weil sie denken, dramatisches Erzählen sei nur noch mit technischen Mitteln möglich. Ab sofort stehen wir für ein Theater der realen Sinne!«

Linn seufzte laut. Noch so eine leere Worthülse. Was sollte das denn heißen: reale Sinne? Gab es auch unreale Sinne?

Genervt ließ sie den Blick über das Foyer schweifen. Hoffentlich war diese Pressekonferenz bald zu Ende. Dann könnte sie sich doch noch irgendwo eine Runde frisch machen, bevor die Generalprobe begann.

Ihr Blick blieb an einem Typen hängen, der ein paar Meter neben dem Podium unmittelbar unter dem Piktogramm stand, das den Weg zu den Klos wies. Warum saß der nicht bei den anderen Presseleuten? In den Stuhlreihen waren noch Plätze frei. Ob er sich vielleicht in Menschenmassen unwohl fühlte? Doch eigentlich sah er nicht wie ein Journalist aus. Eher wie ein Schauspieler. Blauer Anzug, das Jackett direkt auf der nackten Brust. Die Augen dunkel umrahmt, die hohen Wangenknochen betont, das schwarze Haar streng nach hinten gegelt. Nein, das war nie und nimmer ein Journalist.

»Kennst du den da?«

»Wen?«

»Den jungen Typen, der dort bei der Treppe zu den Klos an der Wand steht.«

Bettina zuckte mit den Schultern. »Keine Ahnung.«

»Der gehört nicht zum Ensemble? Sicher?«

»Nö. Nie gesehen. Wäre mir aufgefallen. Leckeres Schnittchen.«

Linn fand das mehr als merkwürdig. Der Typ stand so, dass alle Journalistinnen und Journalisten ihn gut sehen konnten. Und der hatte mit der Spielzeit nichts zu tun?

Auf dem Podium übernahm nun Trina Huhn. »Genau mit dieser Erneuerung unserer Sehgewohnheiten wollen wir morgen Abend beginnen: Sie alle sind herzlich eingeladen zur Uraufführung von *Schwarze Petra* von Kegel, inszeniert von Regisseurin Bettina Heidenreich. Sie kennen ihre bahnbrechende *Faust*-Inszenierung in Hagen oder haben sie auf einem Theaterfestival gesehen. Wirklich außergewöhnlich!«

»Na, gratuliere«, raunte Linn Bettina zu. »Und bei mir reicht es noch nicht einmal zur Nennung meines Vornamens.«

»Macht man doch bei Goethe oder Kleist auch nicht – und jetzt hör auf mit deiner Anti-Stimmung.«

Aber Linn war alarmiert. Hatte sie sich das eingebildet oder hatte Thalheim-Sommer beim Namen Kegel mit leicht hingeworfener Geste auf den mysteriösen Schönling an der Wand gezeigt? Und hatte der nicht zustimmend den Kopf bewegt? Wurde der versammelten Journaille dieser Schönling etwa als Linu Kegel untergejubelt? Einige Pressemenschen schauten jedenfalls aufmerksam zu ihm. Ein paar machten sich Notizen. Was zum Donner war hier los?

»Dass Bettina Heidenreich die Spielzeit auf der Großen Bühne unseres Hauses eröffnet, hat auch einen politischen Hintergrund. An den großen deutschsprachigen Theaterhäusern werden immer noch siebzig Prozent der Stücke von Männern inszeniert, Regisseurinnen arbeiten auch heutzutage noch meistens auf kleineren Nebenbühnen und im Bereich Kindertheater. Genau dieses Missverhältnis wollen wir mit unserem Saisonauftakt thematisieren und zeigen: Auch das läuft in der *Festung* anders! Bei uns sind

Regisseurinnen nicht in der zweiten Reihe, sie sind in der Pole-Position!«

»Wer's glaubt!«, kommentierte Bettina. »Denn leider geht die Spielzeit danach genauso männlich weiter wie immer. Die Regisseure bekommen das Große Haus und die Regisseurinnen die Nebenschauplätze. Ich hab nachgezählt: Von insgesamt siebzehn Produktionen auf der Großen Bühne werden in dieser Spielzeit nur drei von Frauen inszeniert.«

»Da hat sogar die CDU einen höheren Frauenanteil«, sagte Linn trocken.

»Aber mit den Frauen Werbung machen!«

»Und wenn du's versaust, Bettina, versaust du's im Namen von allen Regisseurinnen.«

»Du verstehst es, mir Mut zu machen.«

»Genau aus diesem Grund«, fuhr die Dramaturgin fort, »haben wir uns dazu entschieden, die geplante Inszenierung von *Leonce und Lena* auf die Studiobühne zu verlegen. Unser langjähriger Regisseur Jean-Claude Porter geht hier mit gutem Beispiel voran.«

Bettina lachte kurz laut auf. »Mit gutem Beispiel vielleicht, aber nicht freiwillig, das kannst du mir glauben.«

Linn schüttelte den Kopf. »Schön und gut, wenn die *Festung* die Diskriminierung der Regisseurinnen thematisiert – aber gleichzeitig machen sie die Autorin des Stücks zu einem Mann! Das hat doch System.«

»Psst jetzt, lass uns zuhören.«

»Das Stück«, fuhr Trina Huhn fort, »beschäftigt sich mit den Mechanismen des Ausschlusses. Die Hauptfigur ist eine junge Frau, die in einem Dorf lebt und gemobbt wird. Sie muss härter arbeiten, bekommt weniger Geld und ist für die Care-Arbeit zuständig. Wenn sie etwas falsch macht, wird sie hart bestraft. Doch sie will diese Ungerechtigkeiten lange selbst nicht wahrhaben. Ihr größter Wunsch ist, wie alle anderen zu sein. Dass sie massiv diskriminiert wird, verdrängt sie, ja, sie findet sogar

Rechtfertigungen dafür, so schlecht behandelt zu werden. Bis ihr eines Tages ihre tote Mutter erscheint.«

Trina Huhn machte eine bedeutungsschwangere Kunstpause und ließ ihren Blick über die Pressereihen schweifen – bis hin zu Linn und Bettina. Die Augen der Dramaturgin wurden groß, sie stockte und räusperte sich.

»Das ist, äh, für die Hauptfigur der *Point of no Return*«, fuhr sie zaghaft fort. »Das Beispiel ihrer Mutter, die dieselben Erfahrungen hat machen müssen wie sie, öffnet ihr die Augen. Plötzlich sieht sie klar und zieht Konsequenzen. Sie verlässt das Dorf. Doch das Drama ist damit nicht zu Ende. Sobald kein Sündenbock mehr da ist, versinkt das Dorf im Streit. Er endet erst, als die Bewohner auch hierfür der Hauptfigur die Schuld geben. Als die Bürgermeisterin das begreift, versucht sie, den Hass zu bewahren – um des Friedens willen. Was wie ein Paradoxon klingt, funktioniert. Jedoch nur so lange, bis die Hauptfigur in das Dorf zurückkehrt ... Wie das endet, sehen Sie in der Premiere. Nur so viel: Kegel nimmt uns mit in die Abgründe unserer Gesellschaft. Für heute sage ich herzlichen Dank, dass Sie alle hier waren! Sollten Sie Fragen haben, sprechen Sie uns am besten direkt an. Dort drüben«, sie wies mit der Hand in Richtung der Garderoben, »steht nun ein kleines Frühstück für Sie bereit. Allen noch einen schönen Tag!«

Linn stutzte. »Offene Diskussionen sind hier wohl nicht erwünscht, oder wie soll man das verstehen?«

»Keine Ahnung. Das ist meine erste Premiere. Aber komisch, dass die uns nicht einmal vorgestellt haben. Hätten sie ja wenigstens kurz tun können.«

»Offensichtlich wollten sie das nicht. Sonst hätten sie die Pressekonferenz nicht vorverlegt, ohne dir Bescheid zu geben.«

Bettina Heidenreich warf ihre Stirn in Falten und schwieg.

»Und was machst du jetzt? Mischst du dich unter das Journalistenvolk?«

»Ach nö. Die Huhn wird schon für gute Presse sorgen. Die

ist sehr patent. Ich muss mich jetzt um die Generalprobe kümmern.«

Linn fiel auf, dass der mysteriöse Schöne verschwunden war. Ihr Blick scannte den Raum, doch sie konnte ihn nirgendwo entdecken. Vielleicht war es ja doch ein Zufall gewesen und er war irgendjemand vom Ballett, der sich die Pressekonferenz aus reiner Neugierde angesehen hatte. Das wäre zumindest eine Erklärung, warum Bettina ihn nicht kannte.

»Und was hast du vor, *Chegel*?«

Linn verzog das Gesicht. »Ich habe ein Hühnchen zu rupfen. Und ein Hähnchen noch dazu. *Huere Siech*!«

Vertrauen zum Frühstück

»Du musst ihn verlassen, dann können wir endlich zusammensein«, sagte der viel zu gut aussehende junge Latino zu der unfassbar attraktiven Frau, die mit ihrer hochtoupierten Mähne aussah, als hätte sie bis eben beim Frisör gesessen. Dabei lagen sich die beiden gerade am Strand in den Armen. Der Latino hatte sich der Kamera dabei so zugewendet, dass die Zuschauerinnen tiefe Einblicke in sein geöffnetes Hemd erhielten, das Kleid der Frau war so hochgeschlitzt, dass sie sich keinen Millimeter weiter bewegen konnte, ohne die Marke ihrer Unterhose zu verraten. Ihre nackten Füße wurden vom Wasser zärtlich umspült. »Du musst mir vertrauen!«

»Ja, das will ich! Ich werde ihm alles sagen. Dann bin ich frei für dich!«, hauchte die Schöne, das Dekolleté prall und sanft gebräunt, und gab sich seinem Kuss hin.

Auch Hoshi Takahashi wollte ihm unbedingt vertrauen. Aufgeregt schob sie sich einen großen Löffel Cornflakes in den Mund. Milch tropfte von ihrem Kinn. Wie nur würde diese Geschichte ausgehen? So lange hatten sich Diego und Mirabella nur von ferne schmachtende Blicke zugeworfen, weil sie doch noch mit dem finsteren Eduardo verheiratet war. Heute hatten sie sich endlich ihre Liebe gestanden.

Seit ihrer Kindheit liebte Hoshi Takahashi Soap Operas. Das

31

hatte sie von ihrer Mutter übernommen, die sich leidenschaftlich gern deutsche Serien anschaute. Für Tokio durchaus eine Besonderheit. Hoshis Mutter war in ihrer Jugend ein paar Jahre in Deutschland zur Schule gegangen und hatte seitdem behauptet, sie müsste ihr Deutsch trainieren, wenn sie sich wieder mal eine Folge *Sturm der Liebe* reinzog. Auch Hoshi und ihr Bruder konnten dadurch überraschend gut Deutsch. Zwar mit einem begrenzten Wortschatz und einer Vorliebe für pathetische Wendungen, aber doch viel besser als alle ihre Freundinnen und Freunde. Was Hoshi allerdings nicht klar gewesen war: Die südamerikanischen Telenovelas gingen weit über die deutschen Seifenopern hinaus. Sie waren zwar etwas überdramatisch, aber auch sehr, sehr sexy. Wer wollte schon die unbeholfenen Liebesszenen von winterhäutigen Deutschen sehen, wenn die heißblütigen Kolleginnen und Kollegen aus Südamerika sogar bei Businesstreffen viel mehr Haut zeigten? Als Zuschauerin kam man hier richtig auf Touren. Und in Österreich gab es die allesamt deutsch synchronisiert in der Mediathek!

Seit Hoshi das herausgefunden hatte, war sie im Paradies. Wenn sie nicht an der Schauspielschule oder im Theater war, hing sie in jeder freien Minute vor ihrem Rechner. Gut, das Frauenbild, das in diesen Serien vermittelt wurde, war für Hoshis ohnehin nicht gerade ausgeprägtes Selbstbewusstsein vielleicht nicht das Beste. Alle Frauen in den Telenovelas wiesen viel mehr Kurven auf, als es sämtliche Socken in Hoshis BH und Slip jemals bewirken konnten. Und auch mit den langen, meist hellbraun oder blond gefärbten Mähnen entsprachen sie der weitverbreiteten Vorstellung von Weiblichkeit viel mehr als Hoshi mit ihren kurzen schwarzen Haaren und der Nickelbrille. Sie sah eher aus wie der junge John Lennon. Für eine zierliche Japanerin von zweiundzwanzig Jahren also denkbar unscheinbar.

Schnitt. Dieselbe Szene war jetzt durch ein Fernglas zu sehen. Ein ebenfalls sehr attraktiver, aber deutlich älterer Mann stand auf einer Klippe oberhalb des Strandes und hatte die beiden beobachtet: Eduardo, den die wunderschöne Mirabella verlassen wollte. Dramatische Musik setzte ein, als sich der Silberrücken umdrehte, die Fäuste ballte und grimmig in die Kamera blickte. Dann folgte der Abspann.

Hastig löffelte Hoshi die letzten Cornflakes und warf einen Blick auf die Uhr. Sie musste los ins Theater. Heute war Generalprobe von *Schwarze Petra*, wo sie und ein paar andere aus der Schauspielschule mitmachten. Das war toll, vor allem wegen Tarkan, mit dem sie hinter der Bühne rumalbern konnte. Der Schauspieler gefiel ihr sehr. Er war ganz anders als die Jungs, die sie sonst so kannte. Tarkan war aufmerksam. Er hatte sogar im Internet die Bedeutung ihres Namens recherchiert. *Stern über einer hohen Brücke.* Vielleicht mochte er sie ja auch ein bisschen, dachte sie. Sonst hätte er sich doch diese Mühe nicht gemacht.

Wenn sie daran dachte, kribbelte es in ihrer Magengegend.

Leider hatten einige aus dem Ensemble mitbekommen, dass Tarkan ihr gefiel, und machten manchmal blöde Sprüche. Vor allem die Hauptdarstellerin, und zwar sogar Tarkan gegenüber. Sie konnte es einfach nicht lassen. Obwohl Hoshi schon mehrfach auf ihre zurückhaltende höfliche Art versucht hatte, ihr zu vermitteln, dass diese Kommentare sie verletzten. Aber Subtilität funktionierte da nicht. Und Direktheit war nicht Hoshis Art.

Was würde wohl Eduardo in so einer Situation tun? Der wäre garantiert nicht zurückhaltend und höflich. Auf den Tisch hauen würde der – und zwar den Kopf dieser fiesen Bitch! Hoshi ballte die Fäuste.

Sie spülte die leere Schüssel aus und stellte sie zum Abtropfen auf ein Drahtgestell. Dann packte sie ihre Sachen und wollte gerade ihr Zimmer im Studentenwohnheim verlassen, als ihr Blick in den Spiegel fiel. Sie rückte die Socken in ihrem BH zurecht und versuchte, Mirabellas verführerischen Blick nachzuahmen.

Warum nur sah sie nicht aus wie die Frauen im Fernsehen? Dann würde sich Tarkan bestimmt in sie verlieben. Und der Hauptdarstellerin würden ihre blöden Sprüche im Hals stecken bleiben.

Problemlösekompetenz

Franz Bankl hatte in seiner Pförtnerloge gesessen und sich ge-
langweilt, als die beiden Frauen auf ihn zugestürmt kamen.

Alles, was er erledigen sollte, hatte er bereits getan. Die Pfor-
tenanmeldungen waren in die Tagesliste übertragen – sogar schon
für morgen! –, er hatte die Mails gecheckt und den Speiseplan
aus der Kantine geholt. Ab jetzt saß er also primär da und wartete. Manchmal warf er einen Blick auf die Überwachungskameras.
Diese zeigten ihm, was vor dem Haupteingang und hinten bei
den Parkplätzen passierte. Manchmal war das ganz interessant.
Nicht, weil irgendetwas Gefährliches vor sich ging, sondern vor
allem, wenn sich mal wieder irgendwelche Touris aus Asien vor
dem Theater versammelten. Denen schaute Franz Bankl besonders gerne zu. Dagegen waren andere Gruppen geradezu uninter-
essant individuell. Bei den Asiaten trugen alle Gruppenmitglieder
die gleichen Schlapphüte, manchmal sogar die gleichen Sweat-
shirts und Jacken. Und die Führerin – ihm war aufgefallen, dass
es meistens Führerinnen waren – trug auch bei schönstem Son-
nenschein einen Schirm bei sich, den sie steil in die Höhe reckte,
sobald sich die Truppe in Bewegung setzen sollte. Als würde sich
ihre Gefolgschaft ohne diesen Zauberstab sofort in alle Himmels-
richtungen zerstreuen.

Gab es auf den Bildschirmen nichts zu beobachten, trank
Franz Bankl gerne Kaffee oder löste Rätsel. Oder er langweilte
sich, auch wenn er das niemals offen zugegeben hätte. Aber das

war trotzdem kein Grund, auf ihn zugestürmt zu kommen und ihm Befehle zu erteilen!

Ob er einen Koffer vom Vorplatz holen könne, hatte ihn die Dicke mit den wirren Haaren gefragt. Er kannte sie vom Sehen, sie arbeitete seit ein paar Wochen als Regisseurin am Haus. Ihren Namen hatte er sich bislang nicht merken können. Er musste aber immer an Weihnachten denken, wenn er sie sah. Und an seine Oma. Ah ja, jetzt fiel es ihm wieder ein: Heidenreich. Seine Großmutter hatte an Weihnachten nämlich immer gebetet: *Dein Reich komme!* Und sie hatte ihn oft ein Heidenkind genannt, weil er das Gebet nicht mitsprechen konnte. Wie denn auch, wenn er es nur einmal im Jahr hörte?

Die lange Schlaksige in Heidenreichs Schlepptau aber hatte er noch nie gesehen. Wahrscheinlich wieder irgendeine Cousine. In der letzten Zeit brachten die Leute ihre halbe Verwandtschaft mit. Nur mal das Theater zeigen! Wer's glaubt. Angeben wollten die! Weil sie in der *Festung* arbeiteten.

Apropos: Eigentlich könnte er Tante Erna und Onkel Willi auch mal mitbringen und ihnen alles zeigen. Schließlich hatte er als Pförtner eine wichtige Funktion. Ohne sein Wissen betrat niemand das Haus. An ihm kam keiner einfach so vorbei. Wie hatte es der Intendant so schön ausgedrückt: Franz Bankl war der Zerberus der *Festung*!

Thalheim-Sommer hatte gelacht, als er das gesagt hatte, und ihm verschwörerisch zugezwinkert. Franz Bankl hatte ebenfalls gelacht und dann zu Hause nachgeschaut, was ein Zerberus war. Ein Höllenhund, der den Eingang zur Unterwelt bewachte. Das hatte ihn ein bisschen stolz gemacht, auch wenn er den Zusammenhang nicht wirklich verstand.

Zwar war es kein großer Akt für ihn gewesen, den Koffer vom Vorplatz zu holen und ihn in der Pförtnerloge zu verstauen. Obwohl das Ding ganz schön schwer war. Kein Problem. Aber es war eben mal wieder typisch. Was würden die Leute nur ohne ihn tun?

Das würde er heute Abend auch seiner Frau erzählen, wenn sie ihn fragte, was er den Tag über gemacht hatte. Dann würde er ihr erklären, dass es in seinem Job vor allem darum ging, aus dem Stehgreif auf Situationen zu reagieren. Problemlösekompetenz nannte man das auf Neudeutsch. Darin war er unschlagbar. Jemand brauchte ein Taxi? Franz Bankl konnte es bestellen! Ein Schlüsselbund wurde gefunden? Immer her damit! Er würde ihn aufbewahren, bis jemand danach fragte. Oder eben: Koffer auf dem Vorplatz? Er kümmerte sich darum. Weil es sonst niemand tat. Auch wenn er sich darüber aufregte. Seine Frau schaute ihn dann ganz bewundernd an. Das mochte er sehr an seiner Arbeit. Und an seiner Frau.

Und trotzdem: Früher war es hier aufregender gewesen. Er machte den Job inzwischen ja auch seit fast fünfunddreißig Jahren.

Früher, da gab es hier noch richtige Stars zu sehen. Die waren hier förmlich ein- und ausgegangen. Der Klaus Maria zum Beispiel. Was für ein Schauspieler! Na, eigentlich spielte er auch noch heute hier. Egal. Früher jedenfalls hatten die Schauspieler und Regisseure noch Format. Das waren Berühmtheiten! Wenn sie abends das Theater verließen, stand immer eine Traube von Menschen vor dem Bühneneingang und holte sich Autogramme.

Diese Zeiten waren längst vorbei. Heute arbeiteten Leute hier wie die Heidenreich, die niemand kannte. Das gleiche bei den Schauspielern. Auf die wartete abends niemand mehr vor der Pforte.

Den Grund dafür vermutete Franz Bankl insgeheim darin, dass inzwischen viel mehr Frauen am Theater arbeiteten als früher. Und das auch noch überall. Sogar in der Bühnentechnik gab es heute Frauen. Er konnte sich gar nicht vorstellen, was die da Sinnvolles beizutragen hatten.

Nur diese Schwarze, diese Amerikanerin, die war anders. Die fand er gut. Die war mal Tänzerin gewesen und arbeitete jetzt als Schauspielerin im Ensemble. Die hatte noch so etwas, was früher auch der Klaus Maria verströmt hatte: Charisma. Wenn die morgens ins Theater kam, klopfte sein Herz noch bis in den Nachmittag ganz laut. Roseanne hieß sie. Wie früher diese Sitcom, die er sich manchmal im Vorabendprogramm angeschaut hatte. Über diese beiden dicken Eltern in den USA mit ihren dünnen Töchtern.

Aber seine Roseanne war nicht dick, im Gegenteil. Sie war rassig, groß und schlank. Und schwarz wie die Nacht.

»Was ist denn mit dir los, Franzl? Bist du wieder am Träumen?«

Peppi Walzenhuber klopfte rüde an das Fenster der Pförtnerloge, sodass Franz zusammenzuckte.

»Nein, nein, ich träum doch nicht. Ich summiere.«

Peppi lachte ihr lautes, freches Lachen, mit dem sie zu verstehen gab, dass sie rein gar nichts von ihm hielt.

»Du summierst? Was summierst du denn? Zwei plus zwei? Das imprägniert mir aber!«

Franz Bankl verzog das Gesicht. Schon wieder machte sie sich über ihn lustig. Er hatte es halt nicht so mit Fremdwörtern. »Ich überlege, was ich noch alles machen muss. Ich habe schließlich viel Verantwortung. Erst gerade musste ich diesen Koffer holen. Er gehört der Cousine der neuen Regisseurin.«

Peppi sah ihn staunend an. »Die Kegel ist die Cousine von der Heidenreich? Wie kommst du denn darauf?«

Er zögerte. Musste Peppi ihn immer mit diesem spöttischen Blick ansehen? Das tat sie seit fast drei Jahrzehnten. Warum nur war diese Frau vor ein paar Jahren nicht in Rente gegangen? Er hatte so darauf gehofft. Stattdessen hatte sie sich mit dem Theater geeinigt und arbeitete einfach weiter. Franz Bankl hatte noch nicht einmal gewusst, dass so etwas möglich war.

»Die beiden kamen vorhin hier langgerannt und haben mich gebeten, den Koffer zu holen.«

»Aber das ist doch nicht die Cousine von der Maestra – das ist die Autorin des neuen Stücks, das morgen Premiere hat. Du hast ja echt überhaupt keine Ahnung!«

Diese Garderobiere lachte ihn aus. Als wäre er ein alter Depp. Auch das hätte es früher nie gegeben. Da hätten sich die Frauen eine solche Frechheit nicht erlaubt. Aber er würde es ihr irgendwann noch heimzahlen. Er war kein Depp. Und in dieser Pförtnerloge versauern würde er auch nicht. Er hatte Problemlösekompetenz! Und die war heute schließlich gefragter denn je. Davon hatte Peppi doch keine Ahnung.

Hoffentlich kam Roseanne bald. Er konnte ein bisschen Herzklopfen gut vertragen.

Ein alter Bekannter

Nachdem Bettina durch die Verbindungstür in den nicht-öffentlichen Fluren des Theaters verschwunden war, bahnte sich Linn ihren Weg schnurstracks zu Intendant Thalheim-Sommer und Dramaturgin Huhn. Theoretisch. Denn schon nach wenigen Metern wurde sie überraschend abgefangen.

»Linn Kegel, stopp, jetzt warten Sie doch mal! Frau Kegel!«

Fast hätte der schnauzbärtige Mann sie umgerannt, so voller Elan war er auf sie zugestürzt. Der Orangensaft in seinem Glas schwappte gefährlich an den Rand.

»Das ist ja eine Überraschung! Erinnern Sie sich nicht mehr: Roland Weißweiler von LITERATUR HEUTE. Wir haben uns vor zwei Jahren bei diesem Presse-Wochenende im Spreewald kennengelernt. Was führt Sie denn hierher?«

Erst zögerte sie, doch dann machte es Klick und Linn konnte sich an Weißweiler erinnern. Ihr Verleger hatte damals ein ganzes Tagungshotel gemietet, damit seine besten Autorinnen und Autoren mit der Crème de la Crème des deutschsprachigen Feuilletons zusammenkommen sollten. Leider ging dieser Plan gründlich in die Hose: Der Top-Autor des Verlags musste wegen eines eingewachsenen Zehennagels absagen und Linn war dazu verdonnert worden, einzuspringen. Als dann auch noch die meisten Medienvertreter kurzfristig abwinkten, war eine ziemlich schräge Runde übriggeblieben, die sich ein absurdes Wettrennen im Marketing lieferte – etwas, womit sich Linn schon immer schwergetan hatte. Und irgendwann kam auch noch ein Toter dazu … Weil diese Geschichte aber wirklich unglaublich war, hatte Linn sie als Grundlage für ihren Roman *Gretchens Rache* genommen – und damit wider alle Erwartungen einen Hit gelandet.

»Wie, was mich hierher führt! Ich habe morgen Premiere mit meinem Stück. Was machen Sie hier?«

Roland Weißweiler riss die Augen auf. »Ach, *Schwarze Petra* ist von Ihnen?! Sie sind Linu Kegel! Haben Sie sich doch noch ein männliches Pseudonym zugelegt? Und ich hatte mich schon gefragt, ob da irgendeine Verwandtschaft besteht. Das ist ja 'ne tolle Sache! Also Glückwunsch! Ihr Stück macht mich richtig neugierig. Klingt wie eine Mischung aus Friedrich Dürrenmatt, Lars von Trier und Hans Mayer.«

Linn verdrehte die Augen. »Oder wie ein Stück von Linn Kegel«, erwiderte sie knurrig.

Weißweiler kicherte. Linn hatte ganz vergessen, wie kindisch dieser stämmige Mann kichern konnte. »Ja, natürlich. Ich meinte damit nicht, dass Sie abgeschrieben haben. Ich meine nur, das Thema Diskriminierung, Außenseitertum, das findet sich auch in der großen Literatur.«

Linn atmete tief ein und aus. »Exakt, lieber Herr Weißweiler. Zum Beispiel bei Hedwig Dohm, Simone de Beauvoir und Mithu Sanyal.«

Weißweiler kicherte erneut. »Jaja, zugegeben dort auch.«

Ach ja, sie erinnerte sich: Weißweiler meinte ganz vieles von dem, was er von sich gab, gar nicht so ignorant, wie es rüberkam. Trotzdem zählte diese Art von Smalltalk nicht zu Linns Lieblingsbeschäftigungen. Und ihre Stärke war es auch nicht. Sie versuchte es mit einem schiefen Lächeln. »Das war jetzt nicht so ein gelungener Auftakt. Wollen wir vielleicht einfach nochmal anfangen? Hallo, Herr Weißweiler! Was machen Sie denn in Wien?«

Der Mann mit dem dominanten Schnäuzer lachte laut und schallend auf: »Alles, was Sie wollen, liebe Frau Kegel! Ganz im Ernst, ich finde es echt gut, dass Sie sich nun auch mit Rassismus beschäftigen. Aber ist das nicht etwas gewagt als weiße Autorin?«

»Das verstehe ich nicht. Ich schreibe doch über jede Art der Diskriminierung: Rassismus, Sexismus, Antisemitismus.«

»Ach, Petra ist eine Schwarze und auch noch Jüdin? Das ist ja interessant!«

»Warum Petra?«, fragte Linn irritiert. »Es gibt im Stück keine Petra. Die Hauptfigur heißt Eva. Der Titel bezieht sich auf das Kartenspiel *Schwarzer Peter*.«

»Ach, das ist ja interessant!«

»Die Steigerung vom Schwarzen Peter ist die Schwarze Petra, weil Frauen im Patriarchat die strukturelle Arschkarte gezogen haben. Darum heißt das Spiel in England *Old Maid* – die Alte Jungfer ist die absolute Verliererin. Ob Eva weiß, schwarz oder Jüdin ist, spielt in meinem Stück erst mal keine Rolle. Die Ungerechtigkeiten passieren ihr, weil sie eine Frau ist. Wussten Sie, dass die weißen Patriarchen in den USA den schwarzen Männern fünfzig Jahre vor allen Frauen das Wahlrecht zugestanden haben?«

Weißweiler sah sie erstaunt an. »Ich glaube, das sieht die Regisseurin aber anders. Schauen Sie sich mal die Beschreibung in der Pressemappe an.«

Linn überging den Hinweis und führte ihren Gedanken weiter aus: »Ich fände es aber sehr gut, wenn die Schauspielerin der Eva eine *Woman of Colour* wäre. Das würde gut passen.«

Wieder dieses Erstaunen im Gesicht hinter dem Schnäuzer. Linn war verwirrt. Aber vielleicht gehörte auch das zu Weißweilers Marotten, die sie erfolgreich vergessen hatte.

»Ich freue mich jedenfalls wirklich, Sie wiederzusehen. Die LITERATUR HEUTE wird Ihrer Premiere in der kommenden Ausgabe eine ganz Seite widmen.« Der Schnäuzer wurde breit vor Stolz.

»Bravo! Das hören wir natürlich besonders gern«, mischte sich nun plötzlich Trina Huhn ein. »Erzählen Sie mir doch noch etwas mehr davon, lieber Herr Weißweiler. Was planen Sie ge-

nau? Was brauchen Sie von uns? Wie können wir Ihnen helfen?«
Und schwupps, zog sie ihn mit einem beherzten Griff um seinen
Ellbogen mit sich. Weißweiler winkte Linn im Wegdrehen noch
zu und reichte ihr ein Blatt Papier aus der Pressemappe, dann
war er ganz in den Fängen von Trina Huhn.

»*Bienvenue* in Wien, liebe Frau Kegel«, raunte nun eine Män-
nerstimme von hinten in ihr Ohr, beziehungsweise von oben. Der
Mann, dem die Stimme gehörte, war ein Hüne und überragte
Linn locker um einen Kopf. »Wie schön, dass Sie es noch zur
Pressekonferenz geschafft haben. Gestatten: Ich bin Jonathan
Thalheim-Sommer, der Intendant dieses Hauses.«

Linn musterte ihn demonstrativ, bevor sie erwiderte: »Das
trifft sich gut. Mit Ihnen habe ich noch ein Wörtchen zu reden.«

»Oho!«, lachte Thalheim-Sommer theatral. »Das klingt ja
fast wie eine Drohung. Dann lassen Sie uns diese Runde doch
verlassen und uns in der Kantine einen schönen *Café au lait*
gönnen. Kommen Sie! Um die Presse kümmert sich meine Kollegin. Kennen Sie sich eigentlich schon? Ach doch, ich meine,
Sie standen wegen des Stücks in Kontakt, *n'est-ce pas*? Wie dem
auch sei, Sie werden bestimmt noch Gelegenheit zu einem kleinen
Pläuschchen haben.« Auch er griff beherzt nach ihrem Ellbogen
und zog sie aus dem Foyer. Offensichtlich wollten sowohl Intendant als auch Dramaturgin verhindern, dass Linn mit irgendje-
mandem sprach.

Egal, dachte sie. Dann kriegt der Typ eben sein Fett in der
Kantine weg.

Das Blatt Papier, das Roland Weißweiler ihr zugesteckt hatte,
schob sie achtlos in ihre Jackentasche.

Schwarzer Weißer Schwan

Das Café *Landtmann* war eine Institution. Seit fast einhundert-
fünfzig Jahren verteidigte es erfolgreich seinen Titel als elegantes-
tes Kaffeehaus Wiens. Mit den goldenen Spiegeln und Leuchtern,
der verzierten Holzvertäfelung und den extravaganten Sitzlogen –
die sogar denkmalgeschützt waren! – führte es seine Gäste in
eine vergessen geglaubte Welt.

Roseanne Carlyle hatte sich direkt beim ersten Besuch in dieses Café verliebt. So etwas gab es in Atlanta, wo sie herkam,
nicht. Und auch nicht in all den anderen Städten, in denen sie
studiert oder später getanzt hatte. Mit siebenundzwanzig war sie
nach Wien gekommen und hatte beschlossen zu bleiben. Das war
durchaus nicht so geplant gewesen.

Eigentlich war sie in die Stadt gekommen, um am Staatsballett vorzutanzen. Bei der Bewerbung hatte sie bewusst kein Foto
beigelegt, sondern nur ihre Referenzen und Kritiken. Über den
Kontakt eines Kontaktes zum Künstlerischen Betriebsbüro hatte
sie es dann geschafft, zur Audition eingeladen zu werden. Schon
das war mehr, als sie eigentlich erwarten durfte. Und wie immer
setzte sie noch einen drauf: Beim Vortanzen tanzte sie das be-
rühmte Solo von Odette aus *Schwanensee*.

Sie hatte kaum angesetzt, da fingen der Direktor und sein Bal-
lettmeister schon an zu tuscheln. Denn natürlich ging das nicht,
was sie da machte. Sie konnte nicht die Odette tanzen – Odette
war ein weißer Schwan und sie, Roseanne, war schwarz.

In Wien war damals eine schwarze Tänzerin noch nicht einmal für einen Schwan in den hinteren Reihen denkbar. Schwäne hatten weiß zu sein – und die Tänzerinnen, die synchron und leicht über die Bühne schwebten, hatten ihre weißen Arme anmutig in die Höhe zu recken, die weißen schmalen Körper in weißen Tutus, weißen Strumpfhosen, weißen Spitzenschuhen. Egal, dass zur selben Zeit in Houston die Schwarze Lauren Anderson als Solo-Tänzerin verpflichtet wurde und ab Ende der Achtziger alle Hauptrollen tanzte: Cinderella, Dornröschen und wie sie alle hießen. Egal, dass auch die Jugend in Mitteleuropa Michael Jackson zujubelte, Rap hörte und die Wienerin Arabella Kiesbauer eigene TV-Shows bekam: Beim Ballett galt weiterhin Apartheid.

Roseanne Carlyle war nie naiv gewesen. Sie hatte sehr genau gewusst, worauf sie sich einließ. Auch bei ihrer Audition am Staatsballett. Deshalb hatte sie zum Vortanzen eine Freundin mitgenommen, die ihren Auftritt filmte. Und auch wenn sie das Engagement beim Staatsballett nicht bekommen hatte – natürlich nicht! –, konnte sie seitdem mit Fug und Recht behaupten, dass sie als erste schwarze Ballerina in Wien den weißen Schwan im *Schwanensee* getanzt hatte. Und dies tat sie bis heute. Es war ihr Markenzeichen geworden und stand auch auf ihrer Visitenkarte.

Und wie sie getanzt hatte! Was Misty Copeland heute machte, hatte sie schon vor dreißig Jahren hingelegt. Sie war ein hinreißender weißer Schwan gewesen. Das Video auf ihrer Website bezeugte es. Was für ein Talent! Wäre sie weiß gewesen, sie hätte in Europa als Ballerina eine grandiose Karriere hingelegt. Wäre, wäre …

Nach der Absage hatte Roseanne Carlyle beschlossen, es nicht weiter bei Ensembles zu versuchen, sondern ihre eigene Ballettschule zu eröffnen. Der inoffizielle Auftritt beim Staatsballett war dafür die beste Werbung. Den gut betuchten Bildungsbürgern, die ihre kleinen Töchter – bisweilen auch ihre Söhne, doch die blieben in der Minderzahl – ins Ballett schicken wollten, waren

Referenzen extrem wichtig. Eine Tanzlehrerin mit einschlägiger Karriere war ein Muss – und zu Roseannes großem Erstaunen war hier ihre Hautfarbe sogar ein Pluspunkt: Man war schließlich weltoffen! Und die kleinen Prinzessinnen lernten bei ihr auch noch Englisch.

Roseannes Ballettschule hatte ein ausgezeichnetes Renommee und sie war eine erfolgreiche Unternehmerin. Sie arbeitete zwar auch weiter für die Bühne, nahm Schauspiel- und Sprechunterricht und spielte ab und zu in Vorabend-Serien oder Krimis mit. Doch im Grunde war sie selbstbestimmt. Und vor zwei Jahren wurde sie schließlich doch noch Teil des Ensembles der staatlichen Bühnen in Wien, wenn auch im Schauspiel: Weil die Theater die Diversität entdeckten, war sie plötzlich interessant geworden. Zumal sie auch mit fast sechzig immer noch unglaublich gut aussah. Viele erklärten sich das mit ihrer jahrelangen Tanzpraxis. Roseanne aber führte das auch auf ihre regelmäßigen Besuche im Café *Landtmann* zurück.

Mindestens einmal pro Woche zog es sie zum Frühstücken in den Spiegelsaal. Das Café lag praktischerweise nur wenige Schritte von der *Festung* entfernt. Und jedes Mal bedankte Roseanne sich innerlich bei sich selbst, dass sie eben keine Tänzerin in einem Ensemble war. Die Briochekipferl und Buttercroissants gingen weit über das hinaus, was sich eine Ballerina üblicherweise erlauben durfte. Für die gab es höchstens mal ein Knäckebrot und einen Apfel. Wenn überhaupt.

Sie aber, sie entschied selbst, was ihr guttat. Und diese Kalorienbomben taten ihr verdammt gut. Wenn sie gut gelaunt war, gönnte sie sich die buttrigen Köstlichkeiten als Belohnung. Wenn sie schlecht gelaunt war, als Trost. Heute bestellte sie sich von allem eine doppelte Portion. Sie hatte es nötig.

Sie war einiges gewöhnt. Doch was sie in dieser Produktion erleben musste, passte auf keine Kuhhaut. Dabei hatte sie sich auf das Stück und die Regisseurin gefreut. Und dann so etwas! Seit ihrem Vortanzen am Staatsballett hatte sie sich selten so auf ihre

Hautfarbe reduziert gefühlt. Ein Ensemble voller Menschen aus allen Regionen der Welt – und alles drehte sich um das Schicksal einer Weißen!

Zornig biss sie in ihr Briochekipferl. Die Marillenmarmelade lief ihr über die Finger und der Hagelzucker zerkrachte zwischen ihren Zähnen.

Die Hauptdarstellerin war eine glatte Fehlbesetzung. Die Regisseurin stellte sich stur. Und das Ensemble hielt mehrheitlich wieder mal die Fresse. Typisch!

Aber so konnte das Stück nicht über die Bühne gehen. So nicht. Sonst müsste sie zu anderen Mitteln greifen.

Bei dieser Vorstellung wurde ihre Laune spürbar besser.

Machtprobe

Linn Kegel und Intendant Jonathan Thalheim-Sommer hatten sich an der Kantinentheke zwei Kaffee geholt.

»Brauchen Sie auch noch Milch *pour le Café?*«, französelte Thalheim-Sommer.

Linn schüttelte den Kopf. »Danke nein. Ich trinke meinen Kaffee schwarz.«

»Passend zum Stück!«, lachte der Hüne aufgesetzt.

»Und damit sind wir direkt beim Thema. Was fällt Ihnen eigentlich ein, überall *Linu Kegel* zu schreiben? Das ist nicht mein Name und das wissen Sie genau!«

Thalheim-Sommer versuchte es nun auf die charmante Tour: Er gab seiner Stimme einen warmen Unterton und lächelte beschwichtigend. »Ach, Frau Kegel, *calmez-vous*, beruhigen Sie sich. Es ist alles in Ordnung. Da steht doch überall Linn – wir haben das zweite N bloß umgedreht. Reine Optik. Macht die Plakate einfach interessanter. Ein Hingucker! Marketing ist auch für uns als Theater wichtig. Und natürlich haben wir das mit Ihrem Verlag so abgestimmt. Ihr Verleger war von den Entwürfen ganz begeistert – ja, er meinte spontan sogar, dass er diese Typografie für Ihre Bücher übernehmen will. Und glauben Sie mir, hier sind wir wirklich großzügig mit den Rechten an der Idee. Der Verlag kann die Vorlagen natürlich völlig kostenfrei von uns übernehmen. *Et voilà!*«

»Pah!«, rief Linn aus. »Das glauben Sie ja wohl selbst nicht, dass es hier nur um Optik geht! Sie wollen den Eindruck vermitteln, dass das Stück von einem Mann geschrieben worden ist. Und zwar, weil Sie glauben, dass sich Texte von Männern besser verkaufen als Texte von Frauen! Und ob mein Verleger, der Vollidiot, da mit Ihnen in einem Boot sitzt oder nicht, spielt überhaupt keine Rolle. Hier geht es um meinen Namen!«

»Ach, jetzt machen Sie doch nicht so ein Drama daraus. Es ist doch alles in bester Ordnung.«

»In bester Ordnung? Und wer war dann dieser Schönling gerade auf der Pressekonferenz? Der wurde doch im besten Sichtfeld der Journalisten platziert, damit die glauben, er sei der Autor.«

Thalheim-Sommer tat erstaunt und hob die Augenbrauen. »Ich weiß wirklich nicht, wovon Sie sprechen, liebe Frau Kegel. Kann es sein, dass Sie zu wenig geschlafen haben? Sie kamen heute mit dem frühen Flug, nicht wahr? Aber machen Sie sich keine Sorgen – wir haben hier viel Verständnis für Lampenfieber. Sie glauben gar nicht, was Künstler für Marotten an den Tag legen, wenn die Premiere näher rückt. Die einen bekommen Durchfall, die anderen wollen heulend alles hinschmeißen und drohen mit Kündigung. Wir kennen das alles zur Genüge. Von daher: *Il n'y a pas de soucis!* Machen Sie sich keine Sorgen, es geht vorbei und ich bin nicht nachtragend.«

»Na, da habe ich nochmal Glück gehabt«, konterte Linn spitz. »Ich hingegen bin sehr nachtragend. Das können Sie mir glauben. Ihr ganzes Gerede auf der Pressekonferenz à la *Wir tun aktiv etwas für die Frauen am Theater* können Sie sich doch sonst wohin schieben. Ich habe gerade auf Ihrer Website nachgeschaut: Mit meinem haben Sie in der gesamten Spielzeit nur zwei Stücke von Autorinnen auf der Großen Bühne. Und dann noch ein bisschen Sybille Berg und Elfriede Jelinek im Studio. Und wahrscheinlich würden Sie auch die am liebsten in Kurt und Erich umbenennen, aber dazu sind Berg und Jelinek wohl doch zu bekannt. Innovation und Aufbruch stelle ich mir anders vor.«

Der große Mann nahm seine Brille ab, hauchte auf die Gläser

und putzte sie sorgfältig mit dem Saum seines schwarzen Pullovers. »Ihr Verleger hat mich schon vorgewarnt, dass Sie nicht gerade zu den Pflegeleichten gehören, Frau Kegel.«

»Pflegeleicht *my ass*, Herr Thalheim-Sommer! An deutschen Theatern stammen drei Viertel aller gespielten Stücke von Männern. Und Sie verkehren mich in einen Autor – gegen meinen ausdrücklichen Willen!«

»Ich hatte wirklich gehofft, dass Sie hier weniger störrisch auftreten. Aber ich halte das aus. Morgen ist Premiere, danach sind Sie wieder weg. Fahren Sie nach Hause, schmollen Sie und – von mir aus: verklagen Sie uns! Das ist mir völlig schnurzpiepegal!«

»Ach, dafür fällt Ihnen kein französisches Wort ein?«

Der Intendant schaute sie irritiert an. »Bitte? Sie sollten froh sein, dass ich Ihr Stück uraufführe und so viel in die Vermarktung stecke! Diese Chance hat nicht jede dahergelaufene Autorin!«

»Das also ist des Pudels Kern!«

Eine Ader an Thalheim-Sommers Schläfe trat nun deutlich hervor. Betont langsam führte er seine Kaffeetasse an die Lippen und trank bedächtig ein paar Schlucke. Doch Linn sah, dass sein kantiges Kinn zuckte.

»Eigentlich«, sagte er schließlich, wieder um einen warmen Ton in seiner Stimme bemüht, »sollten Sie mir auf den Knien danken, liebe Frau Kegel. Auf den Knien. Und jetzt entschuldigen Sie mich. Ich habe Wichtigeres zu tun, als mich mit Ihren feministischen Herrschaftsphantasien herumzuschlagen.«

»Herrschaftsphantasien? So nennen Sie das, wenn ich einfordere, dass von siebzehn Stücken nicht nur läppische zwei von einer Autorin stammen, und wenn ich will, dass mein weiblicher Vorname korrekt geschrieben wird?«

Thalheim-Sommer knallte seine Tasse auf den Tisch und verließ die Kantine.

Linn schaute ihm wütend nach.

»*Schoofsseggel*!«, fluchte sie auf Schweizerdeutsch.

Zwanzig Zwerge

»Zwanzig Zwerge machen Handstand, zehn im Wandschrank, zehn am Strandsand – nein! Noch mal. Zwanzig Zwerge machen Handstrand – verdammt!«

Tarkan Keller war wie immer früh ins Theater gekommen und nutzte die zusätzliche Zeit, um sich in der Garderobe, die er sich bei dieser Produktion gleich mit mehreren teilte, warm zu machen. Das galt für seinen Sprechapparat und seinen Körper. Darum hatte er sich angewöhnt, Liegestütze mit Sprechübungen zu verbinden. Er musste so lange Liegestütze machen, bis er die Übung fünfmal hintereinander fehlerfrei gesprochen hatte. Doch heute brachten ihn die bekloppten zwanzig Zwerge fast zur Verzweiflung.

»Zwanzig Zwarge, nein! Zwanzig Zwerge machen Handstand. Zehn im Wandschrank, zehn am Sandstrand – geht doch! Zwanzig Zwerge machen Handstand. Zehn im Sandschrank. Quatsch! Zwanzig Zwerge machen Handstand. Zehn im Wandschrank, zehn am Handstrand – Scheiße!«

Seine Oberarme und Bauchmuskeln brannten.

»Zwanzig Zwerge machen Handstand. Zehn im Wandschrank, zehn am Sandstrand.«

Erschöpft ließ er sich auf den Boden fallen. Fünfmal hintereinander würde heute nicht klappen. Verdammt! Das war ein schlechtes Omen für die Generalprobe. Warum hatte er sich heute für die Zwerge und nicht für die Klapperschlangen entschieden, die klapperten, bis ihre Klappern schlapper klangen? Die hätten ihm heute bestimmt keine Probleme bereitet.

Am besten, er ging nochmals seinen Text durch. Der Journalist, den er zu spielen hatte, war zwar einer der Stimmführer gegen die Protagonistin, aber wieder keine Hauptrolle. Den größeren Part des Bürgermeisters hatte die Regisseurin kurzerhand mit Roseanne besetzt. Und auch dieser Scheißkerl von Jean-Claude hatte ihm in dieser Spielzeit keine interessante Rolle geben wollen. Er hatte ihn für *Leonce und Lena* gerade mal als Zeremonienmeister besetzt, noch nicht einmal als Valerio, die zweite männliche Hauptrolle – obwohl er die Rolle bereits in Salzburg gespielt hatte. Die pure Zumutung. Für eine Rolle wie den Zeremonienmeister war er nicht nach Wien gezogen und hatte in Köln die Zelte abgebrochen.

Aber es war halt die *Festung*. Jaja, blabla. Er konnte dieses Argument nicht mehr hören. So innovativ wie sein Ruf war dieses Theater schon lange nicht mehr. Vielleicht war es das auch nie gewesen.

Wo war denn die vielbeschworene Vorreiterrolle bei den Konzeptionen? Bei den Stücken? Bei den Besetzungen? Auch in diesem Haus war doch das oberste Ziel, auf keinen Fall das Abo-Publikum zu verschrecken! Den werten Herrn Hofrat Dingsbums und den hochangesehenen Herrn Ministerialdirigenten Pustekuchen, samt den reizenden Gattinnen, natürlich. Bah!

Tarkan Keller hatte es so satt. Er konnte doch so viel mehr. Und er spürte die Ungeduld in jeder Pore seines Körpers. In seinem Leben musste sich etwas ändern. Dringend. Von seinem Wunsch, endlich einmal eine große Kanon-Hauptrolle zu spielen, hatte er sich bereits mehr oder weniger verabschiedet. Regie – das interessierte ihn und hier sah er Chancen! Selbst bestimmen, was auf der Bühne zu sehen war. Bilder schaffen, die sich beim Publikum einbrannten, an die es noch Wochen, nein, Jahre später zurückdenken würde, weil es diese nicht vergessen konnte. Das wollte er!

Thalheim-Sommer jedoch, dieser arrogante Sack, hatte nur gelacht, als Tarkan ihn gefragt hatte, ob er nicht in der nächsten Spielzeit ein Stück auf der Studiobühne inszenieren könnte. *Michael Kohlhaas* von Kleist. Er hatte eine Fassung für drei Männer geschrieben.

Ob er eigentlich denke, dass dieses Theater eine Wünsch-dir-was-Veranstaltung sei, hatte ihn der Intendant gefragt und mit seinem typischen herablassenden Blick angeschaut. Die Planungen für die kommenden beiden Spielzeiten seien längst abgeschlossen. Und für die Studiobühne habe er bereits eine Frau und einen Mann mit Migrationshintergrund für eine Regie engagiert. Das reiche ja wohl.

»Ich bin Kölner, Sie ignoranter Idiot!«, hatte Tarkan ihn angebrüllt.

Daraufhin hatte Thalheim-Sommer nur gelächelt und gesagt: »*Et voilà*. Und das ist ein Grund für eine Abmahnung. Wer ist jetzt der Idiot von uns beiden?«

»Zwanzig Zwerge machen Handstand. Zehn im Wandschrank, zehn am Sandschrank. Ahh!« Hektisch machte Tarkan weitere zehn Liegestütze und versuchte, sich durch die körperliche Anstrengung von seiner Wut abzulenken.

Dieses Arschloch würde seine Arroganz noch büßen. Oh ja! Tarkans Zeit würde schon sehr bald kommen – und dann würde er es allen zeigen.

Plötzlich hörte er Stimmen auf dem Flur. Die anderen kamen. Schnell zog er sich ein T-Shirt über und setzte sich mit dem Textbuch an seinen Garderobenplatz.

»Zwanzig Zwerge machen Handstand. Zehn im Wandschrank, zehn am Sandstrand.«

Seine Stimme zitterte.

Ensembletreffen

»Und das ist das Herz der Aufführung, jedenfalls fast. Hier siehst du einen Großteil meines Ensembles! Leute, das ist die Autorin des Stücks – Linn Kegel.«

Bettina schob Linn in die Garderobe. Nun wurde ihr klar, was Bettina im Taxi gemeint hatte, als sie von einem *diversen Ensemble* gesprochen hatte. In der Garderobe saßen eine sehr attraktive ältere Schwarze, eine junge Asiatin mit Nickelbrille und ein etwa dreißigjähriger Mann mit nordafrikanischem Einschlag und beugten sich über ihre Textbücher. Peppi Walzenhuber, die Garderobiere, bügelte derweil ein Kostüm.

»Welcome to Vienna, Linn Kegel!«, rief der einzige Mann ihr zu. »Wir sind Tarkan, Roseanne, Hoshi und Peppi.«

»Tarkan Keller. Der ehemalige Travestiestar aus Köln. Ich habe dir von ihm erzählt«, ergänzte Bettina.

»Ah ja. Tarkan Keller, der lieber Hamlet spielen will als einen Mann im Paillettenkleid.«

Keller machte eine beschwichtigende Handbewegung. »Die Lippen bewegen zu *I will survive* kann doch irgendwie jeder. Aber Sein oder nicht Sein? Das ist dann die Frage. Außerdem wollte ich nicht mehr jeden Abend von der schwulen Community angebaggert werden. Mir wären ein paar weibliche Groupies lieber.«

Linn fiel auf, dass der Asiatin die Röte in die Wangen schoss.

»Ach, gleich ein paar?«, fragte die schöne Schwarze süffisant.

»Träum weiter!« Dann wandte sie sich Linn zu: »Hi, ich bin Roseanne!«

»Hi!«

»Roseanne war die erste schwarze Ballerina in Wien«, erklärte Bettina.

»Darauf kannst du wetten. Ich habe als erste Schwarze den weißen Schwan getanzt.«

»Wenn auch ohne Publikum und ohne Orchester ...«, feixte Tarkan.

Linn schätzte die Frau vielleicht auf Mitte fünfzig. Sie trug einen weißen Body. Was für ein durchtrainierter Körper!

»Wow! Das erklärt natürlich alles.«

»Oh ja«, erwiderte Roseanne mit leicht amerikanischem Slang. »I know, ich sehe Hammer aus, nicht wahr? Aber meine Zeit als Ballerina ist schon ein paar Jahre her. Ach, was sag ich: Jahrzehnte! Jetzt bin ich vor allem Schauspielerin.«

»Ich bin total gespannt, was ihr aus meinem Text gemacht habt!«, sagte Linn.

»Oh, da wette ich drauf!«, kommentierte die Ballerina beiläufig und mit einem schiefen Lächeln.

»Peppi Walzenhuber hast du ja bereits kennengelernt«, übernahm Bettina wieder. »Die kümmert sich darum, dass niemand nackt auf die Bühne geht.«

»Was durchaus schade ist, ich wäre ein Höhepunkt«, stellte Roseanne fest.

»Es gibt niemanden, der angezogen nicht noch schöner ist als nackend. Das gilt auch für dich«, kommentierte Peppi nüchtern.

»Mach dir keine Sorgen. Das Licht auf der Bühne ist bei dieser Inszenierung so dunkel, man könnte mich nackt gar nicht sehen.« Jetzt lachte die Schwarze schallend.

»Warum bügeln Sie eigentlich hier und nicht in Ihrem Zimmer?«, fragte Bettina.

Peppi Walzenhuber schüttelte verärgert den Kopf. »Die schäbige Kammer ist nicht mein Zimmer. Die Kammer ist eine Zumutung! Gerade gut genug, um Utensilien abzustellen. Aber arbeiten werde ich dort nie – das sag ich Ihnen! Außerdem bin ich bei der Arbeit viel lieber unter netten Leuten.«

»Unter netten Leuten? Und dann kommst du ausgerechnet zu uns?«, witzelte Tarkan und drückte Peppi einen Schmatzer auf die Wange.

»Ja, du bist sowieso gleich auf der Bühne«, gab Peppi trocken zurück. »Dann habe ich meine Ruhe.«

»Haha.«

»Und diese Lady da«, Bettina wies auf die Jüngste in der Runde, »das ist Hoshi Takahashi. Sie gehört zu einer Gruppe von Schauspielschülerinnen und Schauspielschülern, die in der Produktion mitmachen. Sie kommt aus Tokio.«

»Hallo Hoshi«, begrüßte Linn auch die Japanerin. »Freut mich.«

»Und mich erst«, antwortete diese. »Ich studiere Schauspiel am Max Reinhardt Seminar.«

»Und spielst bereits an der *Festung*? Sehr beeindruckend!«

»Wundervoll, nicht wahr? Es ist zwar eher Statisterie – aber immerhin! Wir spielen auf der Bühne die Bewohner des Dorfes.«

»Seit wann bist du denn in Wien?«

»Seit zwei Jahren. Ich habe in Tokio mit Schauspiel angefangen.«

»Und wo lernt man in Japan so perfekt Deutsch?«

Hoshi nahm verlegen ihre Nickelbrille ab und hauchte auf die Gläser.

»Habe ich etwas Falsches gesagt?«, fragte Linn. »Deutsch ist nicht deine Muttersprache, oder? Oder war das jetzt ein Fettnapf?«

»Nein, nein. Alles in Ordnung. Ich bin in Japan aufgewachsen, habe aber schon als Kind deutsches Fernsehen geschaut. Das war mein Fremdsprachentraining. Ich bin mit *Marienhof* und *Gute Zeiten, schlechte Zeiten* aufgewachsen. Ich kann mir ein Leben ohne Soaps nicht vorstellen!«

»Führt bei ihr leider zu ungezügeltem Pathos, aber sonst ist

Hoshi ganz okay«, kommentierte Tarkan salopp und warf der Japanerin eine Kusshand zu.

»Wenigstens verbinden mich die Leute noch mit etwas anderem als mit meiner Hautfarbe«, schoss diese zurück.

»Autsch!«

»Wenn das Goethe-Institut mitbekommt, dass man mit Soaps Fremdsprachen lernen kann, macht *Alles was zählt* noch Weltkarriere«, lachte Roseanne.

»Und wer spielt die Eva?«, fragte Linn. Wie aufs Stichwort verstummten die drei.

»Sorry, wenn ich das nicht weiß«, entschuldigte sich Linn. »Ich habe mir den Besetzungszettel, ehrlich gesagt, noch nicht angeschaut.«

Roseanne brach das Schweigen: »Wir sind die Nebenfiguren. Die Hauptrolle spielt Vero.«

Linn stutzte und wandte sich Bettina zu: »Vero? Die Hellblonde, die uns im Flur entgegengekommen ist?«

»Genau die! Vero Amstel heißt sie. Die macht das super. Du wirst ganz begeistert sein. Die bringt für diese Rolle so etwas ganz Fragiles mit.«

»Aber Vero ...«

»... heißt wie ein Bier, na und? Für eine Schauspielerin ist ein Name mit Wiedererkennungswert eine gute Sache.«

»Das meine ich nicht. Sie ist ...«

»Weiß«, unterbrach Roseanne Carlyle. »Vero ist weiß und der Rest auf der Bühne ist es nicht. Sogar die Statisten sind ausnahmslos Black and People of Colour. Siehst du, Bettina: Linn sieht auch direkt, dass diese Besetzung ein Problem ist!«

Darauf kannst du wetten, dachte Linn.

»Ach papperlapapp!«, widersprach Bettina. »Darüber diskutiere ich nicht mehr. Schon gar nicht kurz vor Beginn der Generalprobe. Vero ist eine perfekte Besetzung und basta. Und übrigens«, sie wandte sich zu Linn, »heißt die Hauptfigur bei mir nicht Eva, sondern Petra. Ich dachte, ich hätte dir das erzählt.«

Einen Moment lang dachte Linn, sie habe sich verhört. Sie war völlig perplex. Doch bevor sie etwas erwidern konnte, mischte sich Tarkan in die Debatte ein: »Basta, sagt sie – machst du jetzt auf Gerhard Schröder reloaded oder was? Du kannst nicht einfach der einzigen Weißen den Part der Unterdrückten geben. Das steht diametral zu dem, was wir tagtäglich erleben.«

»Dabei bist du noch nicht einmal richtig schwarz«, wies ihn Roseanne zurecht, »höchstens ein bisschen karamell. Und zudem auch noch ein Mann.«

»Den rechten Scheißkerlen da draußen ist es leider egal, ob meine Haut mehr nach Kongo oder nach Ägypten aussieht. Was nicht weiß ist, ist fremd. Auch wenn ich Keller heiße und in Köln-Porz geboren bin.«

»Roseanne hat trotzdem recht«, sagte Hoshi. »Weißt du, wie oft ich von Männern in der Bahn gefragt werde, ob ich ihnen eine Thai-Massage mit Happy End mache?«

»Und? Machst du?«

Hoshi schlug ihn gegen den Bauch. »Das ist nicht witzig!«

Linn fühlte sich wie vor den Kopf gestoßen. Petra. Eva. Bettina. In ihrem Hirn ratterte es. Was geschah hier gerade?

»Ach, halt doch die Klappe«, konterte auch Roseanne. »Ihr Asiatinnen seid dabei wenigstens die Guten. Euer Image ist positiv: Ihr seid fleißig und gebildet.«

»Ja, fleißige Masseurinnen«, lachte Tarkan.

»Nicht witzig, Tarkan«, stöhnte Hoshi. »Solche Sprüche sind nicht witzig!«

»Sehr geehrte Damen und Herren«, erklang nun die Stimme des Inspizienten aus dem Lautsprecher. »Noch fünfzehn Minuten bis zur Generalprobe! Noch fünfzehn Minuten. Bitte alle auf Ihre Plätze. Frau Heidenreich, Sie werden von der Technik erwartet.«

»Nun hört mal alle auf«, ging Bettina dazwischen. »Wir machen hier Kunst, keine Abbildung der Realität. Wenn ich mir die reale Welt ansehen will, setze ich mich in eine U-Bahn und fahre nach Wien-Favoriten oder an den Mexikoplatz. Ich will, dass das

Publikum über die Willkür von Diskriminierungen nachdenkt. Und das funktioniert mit Vero als Hauptfigur sehr gut. Ihr werdet schon sehen!«

»Aber ich …« Linn hatte ihre Sprache wiedergefunden. Doch sie drang nicht durch.

»Wo ist Vero überhaupt?«

»Sie hat sich schon vor etwa einer Stunde umgezogen«, erklärte Peppi. »Seitdem habe ich sie nicht mehr gesehen.«

»Wo soll sie schon sein«, kommentierte Tarkan, »auf der Bühne natürlich. Die kann's doch gar nicht erwarten, bis sie im Scheinwerferlicht steht.«

»Das kann ich auch nicht, *man*, trotzdem bin ich jetzt hier.« Roseanne schnaubte.

»Sobald die Probe beginnt, wird sie da sein. Vertraut mir.«

»Warum sollen wir denn dir vertrauen, dass Vero da sein wird?«, fragte Linn. »Das verstehe ich nicht, Hoshi.«

Die Japanerin sah sie irritiert an. »Oh sorry, verwendet man das nicht so? Vertrau mir? In den Soaps sagen sie das ständig.«

»Vielleicht hat das Goethe-Institut doch seine Vorteile«, gab Roseanne zu bedenken.

»Konzentriert euch jetzt! Ich will eine anständige Generalprobe sehen«, wies Bettina die Truppe zurecht.

»Aber ich …« Linn wollte auch noch etwas sagen. Über ihr Stück. Über ihren Ansatz. Doch nun brach allgemeine Hektik aus. Die letzten Kostüme wurden angezogen, Frisuren und Make-up überprüft. Die Walzenhuberin schob Linn freundlich, aber bestimmt aus der Garderobe. Peppis Stimme klang wie aus der Ferne. Sie war es auch, die Linn den Weg in den Zuschauerraum erklärte. Linn hatte das Gefühl, in einem nebligen Tunnel zu stehen. Und Bettina war bereits verschwunden.

Solo-Flashmob

Die Räder der Straßenbahn quietschen auf den Schienen. Matti Johannson hatte einen Platz unmittelbar an der Tür und ärgerte sich. Das hier lief überhaupt nicht so, wie er es sich vorgestellt hatte. Dabei hatte alles so aussichtsreich begonnen, als dieser Typ nach einer Vorstellung in Malmö auf ihn zugekommen war und ihm eine Rolle angeboten hatte. Eine Rolle, eine wichtige sogar, und zwar in einem der berühmtesten Theater Europas!

In Malmö hatte Matti sich in der freien Szene eine gewisse Bekanntheit erspielt. Er war gut gebucht. Von Shakespeare bis Henrik Ibsen und Lars Norén spielte er alles. Er war ein guter Schauspieler. Okay, vielleicht nicht der beste. Die staatlichen Schauspielschulen hatten ihn vor ein paar Jahren allesamt abgelehnt. Aber was hieß das schon? Er war trotzdem ziemlich gut. Und er sah gut aus. Das stand auch immer wieder in den Kritiken. Er besaß Ausstrahlung, er fiel auf, selbst in kleinen Rollen. Das war auch dem Typ aufgefallen. Nach einer Aufführung von *Dämonen* hatte er ihm seine Karte in die Hand gedrückt: Jonathan Thalheim-Sommer. Intendant der *Festung* in Wien.

Bingo!, hatte Matti Johannson gedacht. Ohne Schauspielausbildung mit Ende zwanzig zum Engagement in Wien!

Einen Autor sollte er spielen, hatte Thalheim-Sommer zu ihm gesagt. Matti hatte nachgehakt, ob sein Akzent denn kein Problem sei. Er hatte zwar in der Schule ein paar Jahre Deutsch gehabt. Aber das lag schon einige Zeit zurück.

»Nein, nein!«, hatte der Intendant gerufen. Deutschkenntnisse seien für die Rolle nicht nötig. Gerade sein Akzent mache die Figur interessant! Da solle er sich keine Sorgen machen. Bei der Rolle ginge es auch mehr um seine Präsenz, nicht um seine Sprache.

Okay, hatte Matti gedacht. Das klingt gut. Dann auf nach Wien!

Schwarze Petra sollte das Stück heißen. Er fand den Titel sehr seltsam, ein Klassiker wäre ihm lieber gewesen. Allerdings, so der Intendant, bräuchte er das Stück nicht zu lesen. Darin käme seine Rolle nämlich gar nicht vor.

Matti hatte sich darüber nicht gewundert. Gerade bei modernen Inszenierungen war es durchaus üblich, weitere Figuren während der Proben dazuzuschreiben. Und insgeheim war er auch froh, sich nicht durch den Text quälen zu müssen. Eine Übersetzung auf Schwedisch oder auch Englisch gab es nicht. War wohl ein ganz neues Stück.

Es klang also alles sehr gut und Matti hatte sich auf das Engagement gefreut. Stolz hatte er seinen Kollegen in Malmö erzählt, dass ihm ein Vertrag mit der *Festung* winkte.

Das hatte ihm viel Respekt und Anerkennung eingebracht. Auch Neid, natürlich auch Neid, darum ging es schließlich. Sein Erfolg machte in der Szene schnell die Runde. Und ebenso schnell wurde seine Rolle in *Hedda Gabler* nachbesetzt. Arbeitslose Schauspieler gab es auch in Malmö zuhauf.

Wenn er jetzt daran dachte, wurde er richtig wütend auf Thalheim-Sommer. Und auf sich selbst. Denn dass dieses Engagement in Wien gerade einmal eine knappe Woche dauern sollte, hatte er zu spät realisiert. Diese Möglichkeit war ihm gar nicht in den Sinn gekommen. Normalerweise dauerten allein die Proben für ein Stück mindestens sechs Wochen. Sogar die Haare gefärbt hatte er sich! Eigentlich war er nicht schwarzhaarig, sondern blond wie so viele Schweden. Und dann stellte sich auch noch heraus, dass seine Rolle gar nicht auf der Großen Bühne zu sehen sein sollte.

»Aber das macht dich nicht weniger wichtig«, hatte ihm der Intendant erklärt. »Du bist *l'aspect performatif* der Inszenierung. Der Solo-Flashmob, der parallel stattfindet. Das fehlende Element!«

Zumindest mit seinem Kostüm war Matti Johannson sehr zufrieden. Der Anzug saß wie angegossen auf der nackten Haut. Und er mochte es, sein Gesicht androgyn zu schminken. So würde er in jedem Fall auffallen, ganz egal, wie klein die Rolle war. Damit tröstete er sich. Er war wild entschlossen, das Beste aus der Situation zu machen.

Allerdings kam es ihm sehr sonderbar vor, dass er sich nicht im Theater umziehen durfte. Er musste das immer schon in seinem Airbnb-WG-Zimmer erledigen und dann in voller Montur mit der Straßenbahn zum Theater fahren. Auch in die Kantine durfte er nicht. Ihm war und blieb unklar, warum. Da er jedoch auf ein Anschlussengagement hoffte, wenn Thalheim-Sommer mit ihm zufrieden war, machte er das alles mit. Die Bezahlung war ja auch wirklich nicht schlecht. Und auf seiner Vita würde bald eine der renommiertesten Bühnen Europas stehen.

Seine Performance hatte fünf Tage vor der Premiere begonnen. An diesem Tag wurde ein großes Banner an der Fassade des Theaters angebracht. Mattis Aufgabe bestand daran, mehrmals am Tag daran vorbeizugehen und sich den Schriftzug anzusehen. Dabei sollte er verstohlen lächeln. »Mit Stolz, aber nicht zu offensichtlich«, hatte der Intendant gesagt. Auch sollte er nicht zu lange vor dem Theater stehen bleiben. Eine Minute, maximal. Er sollte so tun, als warte er auf einen Journalisten, der ihn zum Stück interviewen würde. Matti war davon ausgegangen, dass diese Auftritte live im Netz gestreamt würden und eines der Videos oder ein Zusammenschnitt bei der Premiere auf der Bühne eingespielt werden sollte. Aber nachgefragt hatte er nicht.

Vorhin bei der Pressekonferenz stand dann der erste große Auftritt an. Matti hatte nach dem Text gefragt, aber nur ein ungeduldiges Kopfschütteln geerntet.

»Am besten, du sagst gar nichts, Matti«, hatte der Intendant erklärt. »Du stehst einfach nur da und reagierst auf das, was ich tue. Aber dezent. Mach bloß keine großen Bewegungen oder so. Spiel wie fürs Fernsehen, nicht für die Bühne. Kleine Mimik, subtile Handlungen, private Bewegungen. Sobald die Pressekonferenz begonnen hat und alle sitzen, kommst du von draußen durch den Haupteingang, so dass dich alle sehen. Bei deinem Gang lässt du dir Zeit. Du musterst alle Anwesenden. Was ich von dir will, ist schüchterne Neugierde und gleichzeitig selbstbewusste Zurückhaltung. Dann stellst du dich an die Wand dort und hörst mir einfach zu.«

»Ich muss gar nichts sagen?«

»Bloß nicht! Und nach der Pressekonferenz verschwindest du sofort. Sollte dich trotzdem jemand ansprechen, bleibst du freundlich. Du lächelst, du zuckst entschuldigend mit den Schultern und sagst: ›Meine Deutsch nicht gut. Sie bitte mit wunderbare Intendant Thalheim-Sommer sprechen.‹ Dann gehst du weiter. Kriegst du das hin? Und wenn dich jemand fragt, ob du Linu Kegel bist, lächelst du ebenfalls und sagst einfach gar nichts. Du gehst dann einfach weiter. Auf keinen Fall darfst du diese Frage bestätigen, verstanden? Sonst kommen wir in Teufels Küche.«

»Warum?«, hatte Matti gefragt.

»Du bist Schauspieler«, hatte der Intendant ihn angeblafft. »Spiel, was ich dir sage. Du musst nicht wissen, warum. Das ist mein Job.«

Matti Johannson fand die Vorstellung, ohne Applaus abzugehen, schon in der Theorie befremdlich. Doch jetzt, als er in der Straßenbahn saß und an seinen Auftritt bei der Pressekonferenz zurückdachte, störte es ihn wirklich. Er brauchte Applaus und Aufmerksamkeit. Da reichte es nicht, dass Passanten ihn auf der Straße wegen seiner Aufmachung verstohlen anstarrten. Er hatte, verdammt nochmal, gerade eine gute Leistung abgeliefert. Er war gleichzeitig schüchtern und selbstbewusst gewesen! Dafür wollte er auch die Anerkennung, die er verdiente.

Matti kaute auf seiner Unterlippe herum.

Er gehörte genauso zum Ensemble wie alle anderen auch. Warum sollte er dann bei der Premiere nicht auch beim Schlussapplaus mit dabei sein? Und war eigentlich gewährleistet, dass sein Name im Programmheft stand? Nicht, dass die ihn da vergaßen!

Er musste dringend nochmals mit dem Intendanten sprechen. Morgen war Premiere, dann wäre alles zu spät.

Ohne länger zu zögern, stieg Matti bei der nächsten Haltestelle aus und bestieg die Straßenbahn, die ihn zurück zum Theater bringen sollte.

Zusammenprall

»Sind Sie immer so stürmisch?«, fragte der Mann mit dem Käppi, als Linn gedankenversunken in ihn hineindonnerte. Im verwinkelten und vor allem dunklen Verbindungsflur zwischen Inspizientenloge und Zuschauerraum hatte sie ihn überhaupt nicht gesehen. Warum machten sie hier auch kein Licht an, dachte sie. Der Arbeitsschutz wurde doch sonst im Theater so großgeschrieben.

»Und Sie? Sind Ihre Kommentare immer so Fünfzigerjahre? Warum zum Teufel stehen Sie ausgerechnet hier rum?«

Der Mann lachte heiser.

»Jean-Claude. Du kannst ruhig Jean-Claude zu mir sagen. Am Theater duzen wir uns. Du bist die Autorin von diesem Stück, nicht wahr? Ich habe dich heute früh in der Kantine gesehen.«

»Ah, genau«, erinnerte sich Linn. Als sie zusammen mit Bettina in Richtung Foyer gestürmt war, saß er an einem der Tische. »Du bist der Mann mit dem Rührei.«

Wieder dieses heisere Lachen. »Der Mann mit dem Rührei. Nicht schlecht. Für die meisten hier bin ich der Mann mit der Baseball-Kappe.« Er nahm sein Käppi ab. Darunter kamen raspelkurze Haare zum Vorschein und eine bemerkenswert wulstige Augenbrauenpartie. Dann setzte er die Kappe wieder auf. »Ein Erkennungszeichen braucht jeder. Aber eigentlich bin ich hier Regisseur.«

»Zumindest hast du deine üble Laune inzwischen überwunden.«

»Ach das, na klar«, er winkte ab. »Ich habe nächste Woche Premiere, da wechseln sich gute und schlechte Laune immer ab. Das ist ganz normal. *Leonce und Lena* machen wir, schönes Stück.«

»Ich weiß. Du musstest für die *Schwarze Petra* auf die Studiobühne ausweichen.«

»Erzählt man sich das so?«

Zeigte sich gerade ein bitterer Zug um den Mund des Mannes? Im Halbdunkel des Flurs konnte Linn seine Reaktion nicht genau erkennen.

Sie entschied, die Frage rhetorisch zu verstehen. »Ich weiß ja nicht, wie es dir geht, aber ich setz mich jetzt in den Zuschauerraum. *Wiit vom Gschütz git alti Chrieger.*«

»Ich verstehe leider kein Holländisch.«

»Das ist Schweizerdeutsch. Ich such mir einen Platz weit weg vom Getümmel. Weit weg vom Geschütz zu sein, erhöht die Chance, ein alter Krieger zu werden.«

»Ist zumindest ein Ansatz«, sagte Jean-Claude. »Ich komm auch gleich. Generalproben auf der Großen Bühne lass ich mir nicht entgehen.«

Dann verschwand er in die entgegengesetzte Richtung.

Kruzifix!

Der Theatersaal der *Festung* war genauso imposant wie das gesamte Gebäude aus dem späten 19. Jahrhundert. Die mit rotem Samt bezogenen Zuschauerplätze verteilten sich auf insgesamt drei Ebenen. Mehrere reich verzierte Logen auf den beiden Rängen boten einen hervorragenden Blick auf die Bühne und die Zuschauer.

Linn hatte sich für einen Platz ganz hinten im Parkett entschieden, wo die Sitze überdacht waren vom ersten Rang. So hatte sie den gesamten Raum im Blick und niemanden im Rücken.

Wie bei Generalproben wohl üblich, waren nur wenige Plätze besetzt, vor allem mit Angehörigen aus dem Haus. Bettinas Regiepult stand mittig im Parkett, neben ihr saßen die Dramaturgin Huhn und ein schmächtiger Jüngling, wahrscheinlich ein Regieassistent. Zudem konnte Linn den rundlichen Mann von der Pforte entdecken – auch er durfte sich die Probe anschauen.

»Bitte alle auf ihre Plätze«, hörte Linn Bettinas Stimme über Lautsprecher. »Noch fünf Minuten!«

Wieder spürte Linn, wie die Nervosität in ihr aufstieg, die sie schon in den vergangenen Tagen begleitet hatte. Um sich abzulenken, suchte sie in ihrer Jacke nach einem Kaugummi. Zu ihrem Erstaunen ertasteten ihre Finger Papier. Es war der Flyer, den ihr Roland Weißweiler zugesteckt hatte. Sie hatte ihn komplett vergessen.

Linn faltete den Zettel auseinander und las.

SCHWARZE PETRA
Drama von Linu Kegel
Regie und Bühne: Bettina Heidenreich
Dramaturgie: Trina Huhn
Kostüme: Caroline Pizarro
Licht: Yannick Rohr

Petra: Vero Amstel
Bürgermeisterin: Roseanne Carlyle
Leiter der Lokalredaktion: Tarkan Keller
Menschen aus dem Dorf: Schauspielschülerinnen und -schüler
des Max Reinhardt Seminars

Sie stöhnte. Warum nur hatte sich Bettina entschieden, ihre Hauptfigur Petra zu nennen? Damit nahm sie dem Stück doch die meta-
phorische Deutungsebene! Die Schwarze Petra wurde tatsächlich
zu einem Menschen – und stand nicht mehr für eine systemische
Schieflage. Und dann besetzte sie die Hauptfigur auch noch mit
der einzigen weißen Schauspielerin im Ensemble – und noch dazu
mit einer hellweißen. Viel weniger Pigmente als Vero konnte ein
Mensch kaum haben.

Auf der Rückseite des Flyers entdeckte Linn ein Kurzinter-
view mit der Regisseurin, das die Journalisten offenbar zusätzlich
neugierig machen sollte.

Was hat Sie an dem Stück von Linu Kegel so interessiert?
Heidenreich: *Kegel beleuchtet das Thema Diskriminierung zeit-
gemäß. Das Stück zeigt, Hautfarbe als Grund für Diskriminierung ist willkürlich.*

»Als ob es einen Grund für Diskriminierung gäbe, der nicht willkürlich ist«, murmelte Linn und las weiter.

67

Besteht deshalb fast Ihr gesamtes Ensemble aus Schwarzen und People of Colour?
Heidenreich: *Natürlich! Nicht-weiße Schauspielerinnen und Schauspieler haben es am Theater viel schwerer. Oder auch in öffentlichen Ämtern. Darum habe ich die Rolle der Bürgermeisterin mit Roseanne Carlyle besetzt.*

Was wollen Sie bei Ihrem Publikum erreichen? Wollen Sie es belehren?
Heidenreich: *Mir geht es um ein gedankliches Experiment. Wir führen dem Publikum vor, dass Diskriminierung aufgrund von Hautfarbe genauso gut Weiße treffen könnte – wäre unsere Geschichte anders verlaufen. Die Inszenierung legt den Finger in die Wunde. Das wird für einige mit Sicherheit schmerzhaft.*

»Zum Beispiel für die Autorin«, sagte Linn leise. Sie atmete tief durch.

Das war zwar alles nicht falsch, was Bettina da erläuterte. Sie konnte deren Konzept verstehen und auch nachvollziehen. Natürlich machte es Sinn, sich mal vor Augen zu führen, dass Diskriminierung auch andersherum laufen könnte, aber das war nicht das Thema ihres Stückes. Ihr Ansatz ging doch über das Thema Rassismus hinaus. Sie wollte vor allem eine Allegorie auf den omnipräsenten Sexismus schaffen, der die komplette Wahrnehmung verschob – und zwar von allen Beteiligten, von den Betroffenen genauso wie von den Profiteuren, über alle Hautfarben hinweg.

Bei Bettinas Ansatz jedoch sah Linn den Shitstorm schon heranbrausen und die Diskussion über weiße Schauspieler, die BIPoCs die Hauptrollen wegnahmen. Sie sah die Schlagzeile schon vor sich: KEGEL BEHAUPTET: WEISS IST DAS NEUE SCHWARZ! Und diese reißerische Headline würde von den anderen Medien garantiert hemmungslos abgeschrieben. Dass ihr Stück eine ganz andere Intention hatte als das reine Gedankenspiel, das Bettina offenbar verfolgte – nämlich die Normalität der Frauenfeindlichkeit zu zeigen! –, würde niemanden interessieren. Welcher Kritiker machte sich denn heute noch die Mühe, den Originaltext zu lesen, bevor er ein Stück in der Luft zerfetzte? Wer erklärte den Leuten den Unterschied zwischen Text und Regie?

Facebook und Twitter würden brennen! Dann wäre ihr Ruf als Theaterautorin versaut, bevor sie überhaupt richtig angefangen hatte. Und das Internet vergaß nicht.

Bei dieser Vorstellung drehte sich Linn der Magen.

Vielleicht war es doch gar nicht schlecht, dass überall *Linu Kegel* stand. So hätte sie zumindest die Möglichkeit, das Desaster einem ihr bislang unbekannten Namensvetter in die Schuhe zu schieben.

Unruhig rutschte sie auf ihrem Samtsessel herum.

Musste sie sich das hier wirklich antun? Warum eigentlich? Sie könnte auch einfach nach der Probe wieder abreisen. Sie hatte ohnehin kein Hotelzimmer. Ja genau, das wäre ein Ausweg! Aber würde Bettina ihr das je verzeihen? Wahrscheinlich nicht. Sie würde toben – und Linn konnte es sogar verstehen. Das könnte glatt das Ende ihrer Freundschaft bedeuten. Konnte sie das riskieren? Andererseits: Konnte sie Bettina verzeihen, wenn der Shitstorm über sie hereinbrechen würde?

Warum nur hatte Bettina nie mit ihr über ihr Konzept gesprochen? Und warum war ihr nie in den Sinn gekommen, dass Bettina mit ihrer Inszenierung eine eigene Interpretation verfolgen könnte? Das war doch ihr Recht als Regisseurin! Hatte Bettina nicht noch im Taxi erzählt, dass ihr Konzept dem Text nochmals richtig gutgetan hätte? Warum war ihr das in diesem Moment nicht aufgefallen? Vielleicht war das nicht das einzige Mal gewesen, dass Bettina mit ihr über ihr Konzept hatte sprechen wollen?

»Warum, Frau *Chegel*, hast du nie nachgefragt!?«, flüsterte Linn selbstkritisch.

Konnte es wirklich sein, dass Bettina nicht bewusst war, was die Medien und das Netz aus ihrer Idee machen würden? Und was das für sie beide hieß? Oder sah sie das nur einfach zu pessimistisch? Dachte sie schon mit der Schere im Kopf?

Linn fuhr sich verzweifelt durch die roten Haare. Wie gut, dass sie hier hinten saß, wo niemand ihre Unruhe mitbekam.

Das Licht im Zuschauerraum ging aus und der Vorrang hob sich.

Okay, dachte sie. Du hörst jetzt auf mit diesen Gedanken und konzentrierst dich aufs Stück. Vielleicht ist alles nur halb so schlimm.

Der Bühnenraum, der sich dem Publikum öffnete, lag in nebeligem Dunkel. Durch die hintere Bühnenwand kämpfte sich sacht ein Licht. Der Prospekt begann, sich dunkelblau zu färben. Ganz langsam wurde es heller.

Durch den Nebel wurden dunkle Bretter sichtbar, die kreuz und quer auf der Bühne lagen, einige lose, andere zu unordentlichen Haufen gestapelt. Auf einem der Stapel wurde schemenhaft eine menschliche Gestalt erkennbar: Roseanne Carlyle hatte sich lang ausgestreckt. Ihr weißes Top und die weite weiße Hose waren wegen des Nebels erst nicht zu sehen gewesen, ihre Haut hatte die Farbe der Bretter, auf denen sie lag. Mit zunehmendem Licht drehte sie sich dem Publikum zu.

»Die Geschichte dieses Dorfes ist die Geschichte meiner Familie«, sagte sie in einem beiläufigen Ton. Von ihrem amerikanischen Akzent war keine Spur mehr übrig. Roseanne sprach lupenreines Bühnendeutsch. »Dieses Haus ist mein Haus. Mein Vater und meine Mutter hatten keines. Es war immer unser großer Traum, ein Haus zu besitzen. Aber erst ich« – Roseanne stand nun auf, nein, eigentlich traf es das nicht: Sie schwebte förmlich von ihrem wackeligen Holzstapel hinunter mit Bewegungen, so präzise und leichtfüßig wie eine Katze – »konnte diesen Traum verwirklichen.«

Was für eine Körperbeherrschung! Linn beobachtete sie bewundernd. Sie selbst war zwar groß und schlank, geschickt jedoch war sie noch nie gewesen. Eher Typ Elfe – oder wie hieß das Tier mit dem Rüssel?

»Und jetzt bin ich hier die Bürgermeisterin«, rief Roseanne.

Nun regte es sich auch auf den anderen Bretterstapeln. Die Bühne war gar nicht leer, die Personen waren nur nicht zu sehen gewesen. Überall zeigten sich plötzlich menschliche Körper. Auch Tarkan Keller konnte Linn erkennen, auch er trug eine weite weiße Hose, dazu ein Unterhemd über seinem durchtrainierten Oberkörper.

»Der macht bestimmt viele Liegestütze«, schoss es Linn durch den Kopf.

Die übrigen auf der Bühne mussten die jungen Leute vom Reinhardt Seminar sein, die auf dem Flyer als Dorfbewohner angekündigt waren. Bestimmt acht bis zehn Personen. Im Gegensatz zu Roseanne und Tarkan waren sie in Schwarz gekleidet. Hoshi war nicht darunter. Genauso wenig Vero Amstel. Es war überhaupt nirgends jemand mit so heller Haut zu sehen.

Plötzlich knallte es. Linn zuckte zusammen. Vom Schnürboden fiel etwas an einem langen Seil herunter. Ein paar Mal schwang ein Kreuz mit einem hellen Bündel über der Bühne hin und her. Linn hörte Getuschel und einen Schrei. Dann wurde die Bewegung des Kreuzes langsamer und schließlich hing die Konstruktion still. Die Dorfbewohner liefen aufgeregt durcheinander. »Oh Gott!«, hörte Linn eine Frauenstimme.

Von ihrem Platz ganz hinten im Zuschauerraum konnte Linn am Kreuz eine Person in einem langen weißen Kleid erkennen; um den Hals trug sie einen Strick. Das Gesicht sah sie nur undeutlich – ja, irgendwann würde dann doch der Trend in Richtung Brille gehen müssen –, doch die hellblonden Haare erkannte sie genau. Vero! Seltsam. Die Darstellerin hielt ihre Arme unnatürlich weit ausgebreitet und hatte diese Haltung auch während des Sturzes aus dem Schnürboden nicht verändert. Jetzt verstand Linn auch, warum: Die Frau war an ein Kreuz gefesselt, die Arme an den Querbalken. Wie Jesus. Ihre Füße waren tiefrot und tropften. Sollte das etwa Blut sein? Linn schauderte es. Dieses Bild sah aus wie die Inszenierung einer Folterung. Sie musste sofort an ein Foto aus dem Abu-Ghraib-Gefängnis denken, auf dem ein Mann mit Sack über dem Kopf auf einer Kiste stand, die Arme ausgebreitet wie bei einer Kreuzigung, an den Fingern Elektrokabel.

Was hatte Bettina da bloß aus ihrem Stück gemacht?! Eine solche Szene kam bei ihr definitiv nicht vor.

Alle Menschen auf der Bühne hatten den Blick gehoben und starrten wie in Schockstarre die Frau am Kreuz an.

»Abbruch!«, brüllte Bettina durchs Mikrofon. »Sofort Abbruch! Was zum Geier ist hier los? Vero! Holt sie da sofort runter. Und ruft einen Krankenwagen! Sofort!«

Sie war von ihrem Regiepult hochgesprungen und rannte in Richtung Bühne. Linn tat es ihr gleich. Was passierte hier?

Eine Bühnenarbeiterin war zum Schnürboden hochgeklettert.

»Das Seil hängt an Zug siebzehn«, rief sie hektisch ihren Kollegen zu. »Senkt ihn ab!«

»Okay«, rief es von unten zurück. »Wird gemacht.«

Linn wusste von ihrer letzten Theater-Führung, dass sich im Schnürboden eine Vielzahl von sogenannten Zügen befand, an denen Scheinwerfer, Vorhänge oder auch ganze Bühnenprospekte angebracht werden konnten. In großen Häusern konnten es schon mal bis zu fünfunddreißig Züge sein. Über eine zentrale Steuerung konnten sie nach Bedarf gehoben oder gesenkt werden.

»What the hell …«, stöhnte Roseanne. Das Ensemble und alle Mitarbeitenden hinter und vor der Bühne sahen zu, wie sich eine der vielen Stangen nach unten bewegte – und damit auch die Frau am Kreuz. Auch der Pförtner – wie hieß er noch? – stand mit auf der Bühne und starrte nach oben.

»Das soll nicht so sein, oder?«, fragte er ungläubig.

»Natürlich soll das nicht so sein«, keuchte Peppi Walzenhuber. Auch sie war auf die Bühne gerannt gekommen. »Das ist ein Anschlag!«

»Beeilt euch, Leute!«, rief Jean-Claude Porter, der nun ebenfalls zwischen dem Ensemble stand. Linn hatte vor lauter Flyerlektüre gar nicht mitbekommen, wann er in den Zuschauerraum gekommen war.

Je tiefer der Zug herabsank, umso besser verstand Linn, weswegen sie vorhin kein Gesicht erkennen konnte. Die Frau am Kreuz trug eine weiße Maske. Nur die hellblonden Haare waren unverwechselbar und reichten bis weit über die Schultern. Die Ärmel des Kleides waren so lang, dass die Hände nicht zu sehen waren, und sein Saum reichte bis zur Mitte der Waden. Darunter kamen dünne, blutrote Beine und Füße zum Vorschein. Doch irgendetwas stimmte mit diesen Füßen nicht.

»Lebt sie noch?«, fragte Hoshi Takahashi.

»Welches Schwein hat ihr das angetan?«, murmelte Tarkan Keller betroffen und legte automatisch seinen Arm um die Japanerin. Diese schrie auf: »Von den Füßen tropft Blut!«

Alle starrten abwechselnd auf das Kreuz und auf den Boden, wo sich eine rote Lache bildete.

»Was trägt sie da um den Hals?«, fragte einer der Techniker. »Sind das Würstchen?«

»Tatsächlich«, flüsterte Linn, die neben Bettina stand, »sie trägt eine Kette aus Wiener Würstchen um den Hals. Sag mir bitte, dass das nicht zu deiner Inszenierung gehört.«

»Wie kannst du das fragen? Das alles hier gehört nicht zu meiner Inszenierung! Ich verstehe überhaupt nicht, was hier gerade passiert!«

Linn hörte, wie jemand aus den Reihen der Statisten laut schluchzte und die Bühne mit schnellen Schritten verließ. Ihr Blick ging zur Seitenbühne, wo gerade ein gegelter schwarzer Haarschopf in der Gasse verschwand. War das etwa der mysteriöse Schönling von der Pressekonferenz? Nun, sie hatte gerade anderes zu tun, als ihrem vermeintlichen Autorin-Double hinterherzu-

73

gehen. Inzwischen war das Kreuz unten angekommen und zwei Bühnenarbeiter legten es flach auf den Boden. Die Anspannung war förmlich mit Händen zu greifen.

Jetzt wusste Linn, was ihr vorhin komisch vorgekommen war. Sie trat ein paar Schritte auf die Frau zu, kauerte sich hin und wollte ihr gerade die Maske vom Gesicht nehmen.

»Stopp! Damit verwischst du doch alle Spuren des Mörders!«, fuhr Bettina dazwischen.

Linn zuckte zusammen.

»Mit den Spuren hast du recht.« Sie fischte sich ein Taschentuch aus der Jacke. Damit schob sie die Würstchen zur Seite und griff vorsichtig unter den Rand der Maske. »Aber mit einem Mord haben wir es hier nicht zu tun.«

»Wie bitte?«

»Und auch nicht mit Vero Amstel«, stellte Linn nüchtern fest und löste die Maske von dem Gesicht. Zum Vorschein kam der Kopf einer Schaufensterpuppe. »Mit den Haaren, die genauso aussehen wie die von Vero, wollte jemand aber offensichtlich den Anschein erwecken, das hier wäre deine Hauptdarstellerin.«

»Woher wusstest du …?«, stotterte Tarkan.

»Die Füße. Die sind für eine erwachsene Frau viel zu klein. Solche winzigen Füße haben nur Schaufensterpuppen. Oder Barbies. Keine echte Frau könnte darauf stehen.«

»Das ist eine der Puppen, die wir bei der letzten Produktion verwendet haben«, mischte sich der kleine Regieassistent ein. »Im *Sommernachtstraum* war die ganze Bühne voll damit. Aber da waren die nackt und kahl. Der Regisseur wollte eine Atmosphäre wie im Swinger-Club.«

»Ich will gar nicht wissen, was Puck da für eine Rolle hatte«, murmelte Linn.

»Oh Gott«, rief Hoshi Takahashi. »Das ist eine Drohung! Jemand hat uns eine Drohung geschickt. Ob Vero etwas mit der Mafia zu tun hat? Ich meine –«

»Wir sind nicht auf Sizilien!«, unterbrach Tarkan sie, woraufhin Hoshi sich aus seiner Umarmung löste. Entschuldigend griff er nach ihrer Hand.

»Aber wenn das nicht die echte Vero ist …«, stöhnte Roseanne.

»Wo ist sie dann?«, fragte Bettina.

»Genau das müssen wir, so schnell es geht, herausfinden«, erwiderte Linn. »Irgendetwas stimmt hier überhaupt nicht. Darauf verwette ich mein nicht vorhandenes Hotelzimmer.«

Verschwunden

»Wer hat Vero zuletzt gesehen? Und wo könnte sie sein?«, fragte Bettina hektisch in die Runde, die sich um die Puppe am Kreuz versammelt hatte.

»Keine Ahnung.« Jean-Claude Porter fummelte an seinem Käppi rum. »Heute Morgen war sie jedenfalls im Theater. Ich habe sie in der Kantine gesehen, dort hat sie –«

»Das spielt doch keine Rolle!«, unterbrach ihn die Garderobiere. »Vero hat sich vorhin ganz normal umgezogen. Bis kurz vor Beginn der Probe war sie noch hinter der Bühne.«

»Aber was ist dann passiert?«, fragte Roseanne. »Sie kann doch nicht einfach so verschwinden.«

»Sie wurde bestimmt entführt«, sagte Hoshi Takahashi mit großen Augen. »Hat sie irgendwelche Feinde?«

»Wohl eher eine Feindin«, antwortete Tarkan Keller trocken. »So wie Roseanne sie heute Morgen angeranzt hat.«

»Was habe ich?«

»Du bist sauer, weil sie die Hauptrolle spielt!«

»Ja, das bin ich auch!«, parierte die Tänzerin. »Aber das ist rein professionell! Ich bin auch sauer auf Bettina. Und jetzt auch auf dich.«

»Warum denn auf mich?«

»Weil du sagst, ich hätte etwas mit ihrem Verschwinden zu tun!«

»Nimm das doch nicht gleich persönlich. Ich meine das auch rein professionell!«

»Hört auf, ihr zwei«, ging Hoshi dazwischen. »Das bringt doch nichts. Es könnte auch sein, dass Vero das Kreuz selbst gebaut hat. Vielleicht ist das alles nur ein makabrer Scherz.«

»Völlig absurd!«, ergänzte Roseanne.

»Das wäre wirklich ein ganz toller Scherz«, knurrte Bettina. »Das zerschießt mir hier die Generalprobe!«

»Wenn das ein Scherz wäre, wäre sie längst wieder aufgetaucht«, raunte Linn Bettina zu. »Ich habe ein ganz schlechtes Gefühl bei der Sache. Vielleicht haben wir es ja doch mit einem Mord zu tun.«

Die Regisseurin schluckte. »Bitte nicht schon wieder.«

»Sie sind doch Krimiautorin, oder?« Peppi Walzenhuber hatte Linn an die Schulter getippt und flüsterte ihr verschwörerisch ins Ohr: »Mein Schlüssel ist nämlich weg. Ich habe in allen Taschen gesucht, aber er ist weg.«

Linn sah sie verdutzt an. »Von welchem Schlüssel sprechen Sie? Und was hat das mit meinen Krimis zu tun?«

»Ich spreche vom Schlüssel zu meiner Bügelkammer. Vorhin in der Garderobe habe ich Ihnen doch erzählt, dass mir das Theater eine Abstellkammer zur Verfügung stellt. Ach was, Abstellkammer ist noch ein zu großes Kompliment. Vorhin hatte ich den Schlüssel noch. Aber jetzt ist er weg und die Tür ist zu.«

»Sie meinen, Vero Amstel könnte dort sein?«

»Was weiß denn ich. Sie sind doch die Spezialistin!«

»Ich habe ein paar Krimis geschrieben, keine Polizeistation geleitet.«

»Egal. Ich denke, wir sollten dort nachsehen.«

»Sie haben recht. Es könnte eine Spur sein.«

»Wie? Ihr geht zusammen auf Mörder… äh, Vero-Suche? Nicht ohne mich!« Bettina sah wild entschlossen aus. »Ich habe zwar meinen *Hello Kitty*-Pyjama nicht an, den ich normalerweise zu solchen Aktionen trage, aber darauf verzichte ich jetzt mal.«

Linn musste bei dieser Erinnerung grinsen. Bei der letzten

Mörderjagd war Bettina tatsächlich im *Hello Kitty*-Outfit aufgelaufen. Kombiniert mit Wanderschuhen.

»Wo fangen wir an?«

»Wo fängt wer an?«, fragte Tarkan Keller, der offenbar nur Teile der Unterhaltung mitbekommen hatte.

»Wir suchen Vero bei den Garderoben«, erklärte Linn. »Geht ihr runter zur Kantine und schaut, ob ihr sie dort irgendwo findet.« Und zu den Leuten aus der Schauspielschule gewandt: »Alle anderen machen eine Pause. Keiner verlässt das Theater!«

»Ich komme mit in die Kantine«, sagte Hoshi. »Tarkan, Roseanne – mir nach!«

»Franz!«, rief Peppi Walzenhuber laut und winkte den Pförtner heran. »Franz, wir brauchen dich. Komm sofort her. Und nimm deinen Schlüsselbund mit.«

»Der Pförtner hat einen Schlüssel zu Ihrem Bügelzimmer?«, fragte Linn erstaunt.

»Sind Sie sicher, dass Sie schon mal einen Krimi geschrieben haben?«

»Mensch, Frau Bestseller, im Ernst: Die Zeiten, wo es nur einen Schlüssel für eine Tür gibt, waren schon in Agatha Christies Büchern vorbei. Der Herr Bankl hat alle Schlüssel, zu jedem einzelnen Raum dieses Theaters. Wenn Vero Amstel hier irgendwo ist, werden wir sie finden.«

»Hör doch mal auf, mich ständig herumzukommandieren, Peppi«, antwortete der Pförtner.

»Kruzifix, Franz! Los jetzt!«

»Der Fluch ist aber nicht so passend«, kommentierte Linn.

»Du hast die Schlüssel, du kommst mit. Keine Widerrede! So etwas Sinnvolles wie jetzt hast du schon seit Jahren nicht mehr getan!«

Franz Bankl knurrte unglücklich, doch gegen die drei Frauen muckte er nicht auf, sondern folgte ihnen.

Die Garderobiere war nicht mehr zu bremsen. Zielsicher führte sie die drei in das Treppenhaus hinter der Bühne und von dort in die Etage, wo sich die Garderoben befanden. Sie wies auf die Tür am Ende des Flurs.

»Dahinter ist meine Bügelkammer.«

Linn drückte den Türgriff nach unten.

»Ich habe doch gesagt, dass die Tür zu ist«, meinte die Walzenhuberin eingeschnappt.

»Ich wollt's halt auch noch selbst probieren«, rechtfertigte sich Linn.

»Franz, du bist an der Reihe. Kannst du bitte aufsperren?«

Der behäbige Pförtner war etwas aus der Puste, doch er zückte seinen Generalschlüssel und schon war die Tür offen. Da der Raum kein Fenster hatte, machte er auch gleich das Licht an. Erst surrten die Neonröhren laut, dann leuchteten sie grell auf.

Die Kammer war vollgestopft mit mehreren Kleiderständern voller Kostüme – und einer massiven Schrankwand.

»Nicht wahr? Hier kann doch kein normaler Mensch ernsthaft arbeiten! Da kriegt man doch Zustände!«

»Kleptomanie«, ergänzte Franz.

»Klaustrophobie«, korrigierte Peppi.

»Bitte?«, fragte Bettina.

»Du meinst Klaustrophobie, Franz. Platzangst. Kleptomanie ist –«

»Können mal alle die Klappe halten? Wir wollen Vero finden«, ging Linn dazwischen. »Vero? Bist du hier?«

»Ich möchte aber schon noch erfahren, was an der Kleptomanie falsch sein soll!«

»Alles, Franzl, wirklich alles«, stöhnte die Garderobiere.

»Hört ihr das?« Linn lauschte angestrengt. »Da war doch was zu hören!« Sie ging zur Schrankwand und versuchte, eine der beiden großen Türen zu öffnen. Doch sie rührten sich keinen Millimeter. »Herr Bankl, haben Sie auch hierfür einen Schlüssel?«

Sie pochte an die schwere Holztür, und nun hörten es auch die drei anderen: Aus dem Innern des Schrankes klopfte es zurück.

»Nein. Aber den brauche ich gar nicht.«

Der Pförtner zog einen großen Schraubenzieher aus seiner Latzhose und stemmte ihn in den Türspalt.

»Problemlösekompetenz nennt sich das«, erklärte Franz Bankl stolz.

»Sieht ganz danach aus«, bestätigte Bettina.

Nach einigem Ächzen gab die Tür nach und sprang mit einem lauten Krachen auf.

Im Schrank hockte Vero Amstel und blickte die vier wütend an.

Haarpflege

Das Trio aus Peppi, Linn und Bettina hatte die Schauspielerin von ihren Fesseln befreit, ihr den Knebel aus dem Mund genommen und sie in ihre Garderobe gebracht, die unmittelbar neben der Bügelkammer lag. Franz Bankl sollte es übernehmen, im Haus Bescheid zu geben, dass die Hauptdarstellerin gefunden war.

Im Gegensatz zum Rest des Ensembles, das sich eine große Garderobe teilte, hatte Vero Amstel eine für sich allein. Der Raum verfügte insgesamt über zwei Plätze, beide mit einem Tischchen und einem großen Spiegel ausgestattet. Doch nur ein Platz war belegt. Vero Amstel hatte ihn sich so persönlich wie möglich eingerichtet und sogar einige Fotos an den Spiegel geklebt, auf denen sie in allerlei Kostümen zu sehen war. Neben ihrer Handtasche, einer Haarbürste und diversen Schminkutensilien stand ein kleiner Plüschhase auf dem Tisch.

Vero hatte sich auf ihren Stuhl gesetzt und sogleich angefangen, sich die langen hellblonden Haare zu bürsten.

Typische Ersatzhandlung, dachte Linn. Wie hätte sie selbst wohl reagiert, wenn sie geknebelt und gefesselt aus einem dunklen Schrank gezogen worden wäre?

»Jetzt erzähl doch! Was ist passiert? Wer hat dich eingesperrt?« Bettina gab sich hörbar Mühe, ihre Ungeduld im Zaum zu halten. Am liebsten hätte sie Vero wohl gepackt und geschüttelt.

»Da gibt es nicht viel zu erzählen«, setzte Vero an. »Es ging alles so schnell. Ich war hier in meiner Garderobe, als plötzlich die Tür aufflog – und schon wurde alles schwarz. Jemand hat mich niedergeschlagen, ich habe eine dicke Beule.« Vorsichtig berührte sie ihren Hinterkopf.

»Gesehen hast du niemanden?«

»Nein, niemanden. Und als ich wieder wach geworden bin, lag ich gefesselt im Dunkeln und hatte keine Ahnung, wo ich war. Alles war schwarz um mich herum und es roch nach Mottenkugeln.«

»Schaut mich nicht so an«, protestierte die Garderobiere. »Irgendwie muss man die Kostüme ja davon freihalten!«

»Und du hast wirklich nicht mitbekommen, wer dir das angetan hat?«, fragte Linn nach. »Du hast gar nichts gesehen?«

»Nein, nichts.« Vero Amstel griff nach ihrer Handtasche und wühlte darin herum. »Aber zum Glück ist mein Geld noch da. Und auch mein Autoschlüssel.«

»Darum ging es dem Täter nicht.«

»Ach, nein? Sondern?«

»Der Täter wollte offenbar sicher sein, dass du nicht bei der Generalprobe auftauchst.«

»Da ist heute nämlich etwas passiert«, übernahm Peppi Walzenhuber.

»Was denn?«, fragte Vero Amstel verdutzt.

»Etwas Furchtbares: Eine Puppe ist von der Decke gefallen. Mit einem Strick um den Hals und an ein Kreuz gefesselt wie Jesus. Nur dass sie aussah wie du ...«

»Mit blutigen Füßen«, ergänzte Bettina.

»Was?« Vero Amstel hatte ihre Bürste weggelegt und starrte die beiden entgeistert an. »Und das sagt ihr mir erst jetzt!«

»Und Wiener Würstchen um den Hals hatte die auch!«, brachte Franz Bankl, der von seinem Rundgang im Haus zurück war, die Beschreibung zu Ende.

»Wiener Würstchen?«, stammelte die Schauspielerin. Sie war

noch blasser geworden, als sie ohnehin schon war. Jetzt war sie kreideweiß und ihr Gesicht sah fast wächsern aus. Ihre Stimme hatte einen seltsam metallenen Klang.

»Vero, ist alles in Ordnung?«, fragte die Walzenhuberin. »Das sieht mir ganz nach Kreislauf aus. Möchtest du dich hinlegen? Einmal die Beine hoch, wirkt wahre Wunder. Oder ein Wadenwickel. Ich kann dir auch einen Kaffee holen.«

»Nein, kein Kaffee«, murmelte die Schauspielerin. »Ich will … Ist die Puppe noch da? Ich will sie sehen.«

»Natürlich ist sie noch da«, erklärte Bettina. »Solange ich nicht die Order zum Aufräumen gebe, geschieht in diesem Laden gar nichts. Leider. Alles muss man den Leuten immer ganz genau sagen. Am liebsten hätten sie es schriftlich. Als wären wir hier irgendeine städtische Verwaltung.«

Bevor sich die Schilderungen noch mehr im Detail verloren, ging Linn dazwischen. »Wenn du es dir ansehen willst, komme ich mit.«

»Warum das denn? Ich kann Vero genauso gut begleiten, ist ja schließlich meine Inszenierung«, fragte Bettina erstaunt.

Linn gab ihr stumm ein Zeichen, dass eine solche Diskussion gerade mehr als fehl am Platz war. Dann ging sie zusammen mit Vero Amstel runter zur Bühne.

Das Kreuz mit der Schaufensterpuppe lag immer noch da. Die Leute von der Technik allerdings hatten sich verzogen. Die beiden waren allein.

Mehrere Minuten lang schaute sich die Schauspielerin die Szenerie an. Ihr Blick ging starr zu der Puppe am Boden.

»Sie sieht wirklich aus wie ich«, sagte sie tonlos. »Ihr Kostüm sieht aus wie meines – und die Haare auch.«

Linn hörte Angst in ihrer Stimme.

»Hast du eine Idee, wer so etwas tun könnte?«

Stumm schüttelte Vero den Kopf.

Nach einem weiteren Moment, in dem sie auf die Gekreuzigte gestarrt hatte, zog sie hörbar die Luft durch die Nase und nickte

Linn gefasst zu. Sie hatte genug gesehen und wollte wieder nach oben.

Unterwegs sprach Vero Amstel kein Wort. Auch nicht, als sie wieder bei den anderen waren, die in der Garderobe auf die beiden gewartet hatten.

Stattdessen streifte sie sich schnell und wortlos ihr Kostüm über den Kopf und schlüpfte in ihr privates Blumenkleid. Die langen Haare band sie sich am Hinterkopf zu einem Pferdeschwanz zusammen.

»Was hast du vor?«, fragte Bettina aufgeregt. »Wir haben einen Notarzt gerufen, aber als klar war, dass die Frau am Kreuz nur eine Schaufensterpuppe ist, haben wir ihn in die Kantine geschickt. Er isst gerade zu Mittag. Bestimmt ist es eine gute Idee, wenn er einen Blick auf dich wirft. Einfach, um auf Nummer sicher zu gehen.«

»Danke, ich brauche keinen Arzt«, antwortete Vero Amstel und zog hektisch ihre Schuhe an. »Mir geht es gut.«

»Ich bin so froh, dass dir nichts passiert ist!«, rief die Garderobiere.

»*Nichts passiert* würde ich diesen Überfall nicht nennen«, kommentierte Linn. »Wir sollten die Polizei rufen.«

»Ach, hier seid ihr!« Tarkan Keller, Hoshi Takahashi und Roseanne Carlyle drängten sich in die Garderobe, die nun rappelvoll war.

»Das hier ist kein Tag der offenen Tür!«, schimpfte die Amstel. »Es gibt hier nichts zu sehen. Raus!« Und zu Linn gewandt setzte sie unerwartet heftig hinzu: »Das mit der Polizei könnt ihr vergessen. Definitiv. Peppi hat recht. Es ist nichts passiert. Gar nichts.«

Linn und Bettina wechselten erstaunte Blicke.

»Warum willst du denn keine Polizei? Du bist niedergeschlagen und gefesselt worden!«

»Wie bitte?!«, rief Roseanne.

»Erzählen wir euch später«, raunte ihr Bettina zu.

»Wahrscheinlich läuft der Irre hier immer noch irgendwo rum!«, fuhr Linn fort. »Was, wenn er es noch einmal versucht?«

»Oh Gott, dann sind wir ja alle in Gefahr!«, rief Hoshi dramatisch.

»Jetzt haltet mal die Klappe!« Erneut hatte die Stimme der Hauptdarstellerin einen sehr bestimmten Ton. »Wieso sollte der Täter nochmals zuschlagen? Du hast es doch selbst gesagt, Linn: Er hat erreicht, was er wollte. Die Generalprobe ist geplatzt. Es ging ihm nicht um mich, sondern um das Stück.«

»Wieso das denn?«, fragte Tarkan.

»Genau das sollte besser die Polizei klären«, erklärte Linn.

»Tut, was ihr nicht lassen könnt. Aber ohne mich. Ich werde alles abstreiten.«

»Willst du nicht noch mal drüber nach –«

Mit Nachdruck schob Vero Amstel hinterher: »Wenn ihr die Polizei holt, werde ich denen sagen, dass ich mich selbst im Schrank eingeschlossen habe. Es hat nie einen Überfall auf mich gegeben.«

»Aber warum solltest du das tun?«, fragte Tarkan. »Du spinnst ja.«

»Ja, genau«, erwiderte Vero und in ihren hellen Augen blitzten Ungeduld und Aggression. »Ich spinne! Kurz vor einer Premiere werde ich immer hysterisch! Ich habe das alles inszeniert. Genau darum beende ich das jetzt und gehe nach Hause. Und dort bleibe ich. Ihr müsst euch für eure Premiere eine andere Schauspielerin suchen. Oder sie absagen. Ist mir egal. Ich bin raus. Adios!«

Damit erhob sie sich, nahm Jacke und Tasche und drängte an den Besuchern vorbei aus der Garderobe.

»Wie bitte?«, rief Bettina ihr überrascht hinterher. »Aber bei der Frage, wie es weitergeht, sind wir doch noch gar nicht! Nach einem solchen Vorfall wird das Theater die Premiere sowieso verschieben. Kein Grund für übereilte Entscheidungen!«

»Was werden wir verschieben? Gar nichts werden wir verschieben. Sie haben ja nicht mehr alle Tassen im Schrank!« Jonathan Thalheim-Sommer stand plötzlich hoch und breit im Türrahmen und versperrte Bettina und den anderen den Weg.

»Wir haben die Premiere von *Schwarze Petra* groß angekündigt. Damit startet die *Festung* in die Nach-Corona-Zeit. Das werden wir nicht rückgängig machen, Frau Heidenreich, nur weil Ihre Hauptdarstellerin plötzlich ihre Tage hat. Finden Sie eine Lösung. Wie auch immer sie aussehen wird. Morgen Abend um 20 Uhr geht der Vorhang auf.«

»Aber wir müssen die Polizei rufen! Hier gab es einen Anschlag auf eine Schauspielerin!«

Der Intendant sah Bettina unbeeindruckt an. »Damit das klar ist: Bevor es keine Toten gibt, kommt mir die Polizei nicht ins Haus. Alles andere klären wir selbst.«

»Wäre Ihnen etwa eine echte Tote am Kreuz lieber gewesen?«, fragte Tarkan herausfordernd.

»Meinst du, der Täter hat es auch auf uns abgesehen?«, fragte Hoshi.

»Quatsch. Das wird bestimmt nicht –«

»Ich habe hier ein Unternehmen zu führen«, unterbrach der Hüne. »Da kann ich mir Störungen im Ablauf nicht leisten. Von daher erwarte ich, dass alle wieder an die Arbeit gehen.«

»Aber –«, setzte Bettina an.

»Nichts aber. Und Sie, Frau Walzenhuber, sind mit sofortiger Wirkung freigestellt. Der Pförtner hat mir schon berichtet, dass Vero Amstel in Ihrer Kammer gefunden worden ist. Egal, ob Sie den Schlüssel dafür verloren haben, er Ihnen geklaut wurde oder sich Frau Amstel am Ende selbst dort eingesperrt hat: Eine solche Schlamperei dulde ich hier nicht.«

»Wie bitte?«, rief Hoshi. »Das können Sie doch nicht machen!«

»Ich werde das nicht mit Statistinnen diskutieren!«

»Moment mal«, reagierte jetzt auch Peppi. »Das können Sie wirklich nicht machen. Ich arbeite seit dreißig Jahren an diesem Haus.«

»Sie, Frau Walzenhuber, hätten schon vor Jahren in den Ruhestand gehört. Das war reine Kulanz unsererseits, dass Sie weiter hier arbeiten konnten. Und für jede ist es einmal Zeit, zu gehen.«

»Aber ich bin unkündbar!«

»Sie sollten sich angewöhnen, bei Verträgen auch immer das Kleingedruckte zu lesen.« Der abschätzige Blick des Intendanten war nicht zu übersehen. »Sie hören von unserem Anwalt.«

Thalheim-Sommer drehte sich um und ging.

Die Runde blieb perplex zurück.

»Was mache ich denn nun?« Peppi ließ sich schwach auf einen Stuhl fallen. »Und wer kümmert sich um die Kostüme?«

Um die Mundwinkel von Franz Bankl zuckte es und für einen kurzen Moment huschte ein Lächeln über sein Gesicht.

Die Warnung

»Was für ein Mist, *huere Siech*«, fluchte Linn und schob sich eine volle Gabel Nudelauflauf in den Mund. Sie hatte sich mit Bettina zur Beratung in die Kantine verzogen und auch wenn beiden nicht wirklich nach Mittagstisch gewesen war, schaufelten sie nun ihr Essen mit erstaunlichem Appetit in sich rein. Gegen diese Theaterkantine ließ sich echt nichts einwenden.

»Das kannst du laut sagen«, mampfte Bettina. »Ich habe gerade meine Hauptdarstellerin verloren. Auf der Bühne liegt eine Gekreuzigte, ich habe morgen Premiere und weiß nicht, womit!« Nervös strich sie sich ihre unordentlichen Hexenhaare aus dem Gesicht.

Nun tat es Linn fast leid, was sie vor der Generalprobe über Bettinas Inszenierung gedacht hatte. Das hier war ein absoluter Worst Case und niemandem zu wünschen.

»Hast du eine Idee, wer dahinterstecken könnte?«

»Ich habe nicht den leisesten Schimmer. Ich meine, wer denkt sich denn so etwas aus? Und warum? Aber vor allem: Was mach ich jetzt ohne Vero?«

Linn zog ihren rechten Mundwinkel nach oben. Das tat sie immer, wenn sie intensiv über etwas nachdachte.

»Ich glaube, jemand hat das genau so geplant.«

»Was meinst du damit?«

»Die Premiere sollte ausfallen durch einen Mord *in effigie*.«

»Effie wer?«

Bettina stand auf dem Schlauch und Linn verdrehte die Augen.

»Ein Mord *in effigie* – ein symbolischer Mord. Hast du davon nie gehört, Frau Regisseurin? Statt direkt jemanden umzubringen, wird der Mord erst einmal vorgeführt. Das Opfer wird dadurch gewarnt und tut, was der Täter verlangt. Wie in unserem Fall. Vero Amstel hat die Puppe gesehen und verstanden. Sie ist aus der Produktion ausgestiegen – und die *Schwarze Petra* steht vor dem Aus.«

»Du glaubst also, das alles hat jemand gemacht, um das Stück zu sabotieren?«

»Sieht zumindest ganz danach aus.«

»Aber warum?«

»Das, Bettina, ist die Eine-Million-Euro-Frage. Vielleicht eine Aktion irgendwelcher Aktivisten, die bei einem Stück mit dem Wort *Schwarz* im Titel gleich Rassismus vermuten?«

»Was? Ohne das Stück zu kennen? Das wäre doch völlig absurd.«

Linn zuckte mit den Schultern. »Wer auch immer es war, die Person hat mit Sicherheit nicht mit dem Intendanten gerechnet, der offenbar lieber ein Stück ohne Protagonistin spielen lässt, als den großen Auftakt der Spielzeit abzusagen.«

Bettina legte ihre Gabel auf den fast leeren Teller und schaute Linn durchdringend an. »Ich weiß, wer der Übeltäter ist – und du kannst deine Aktivisten getrost wieder einpacken: Jean-Claude Porter. Er will sich dafür rächen, dass er auf der Studiobühne inszenieren muss – und zack, verschreckt er meine Hauptdarstellerin so sehr, dass sie die Fahnen streicht. Der saß doch auch in der Kantine, als wir auf dem Weg zur Pressekonferenz waren – und kurz vorher ist uns Vero entgegengekommen.«

»Ja, und?« Linn gönnte sich eine weitere Gabel Nudelauflauf.

»Vielleicht haben sich die beiden gestritten?«

»Aber warum dann dieser Aufwand mit der Schaufensterpuppe? Warum sperrt er Vero nicht einfach in den Schrank und lässt es dabei bewenden? Warum muss er auch noch eine Schaufensterpuppe anziehen wie sie, ihr eine Vero-Perücke verpassen, eine Maske aufsetzen und die Füße in Theaterblut tauchen?« Sie spülte mit einem großen Schluck Cola nach.

»Das Kruzifix war eine Inszenierung. Mit Logik musst du Theaterleuten nicht kommen. Hier geht's um die Ästhetik.«

»Zumindest zeigt das, dass der Täter aus dem engsten Kreis des Theaters kommen muss. Niemand sonst wäre auf eine solche Idee gekommen oder hätte die Gelegenheit gehabt. Damit sind auch die Journis von der Pressekonferenz raus.«

»Wohl wahr. Zudem sagte mir der Pförtner, dass heute niemand ins Theater reingekommen ist, der hier nicht hingehört – bis auf meine Cousine«, schob Bettina grinsend hinterher.

»Deine *what*?«

»Ach, egal. Der Pförtner hat dich für meine Cousine gehalten.«

»Jetzt, wo du es sagst, finde ich die familiäre Ähnlichkeit zwischen uns auch frappant.«

Bettina tätschelte sich stolz den Bauch. »Nicht wahr?«

»Warum hast du eigentlich ausgerechnet Vero Amstel die Hauptrolle gegeben?«

Die Barocke seufzte. »Ja, ich weiß, bei dir im Stück ist die Hauptfigur nicht zwingend weiß.«

»Und sie heißt sehr bewusst auch nicht Petra. *Schwarze Petra* ist eine Metapher und kein Mensch.«

»Ob du's glaubst oder nicht, Vero ist auf der Bühne einfach unfassbar gut. Sie hätte das Publikum von den Stühlen gerissen – auch dich! Sie hätte die Leute zum Nachdenken gebracht. Das Publikum der *Festung* ist mindestens zu neunzig Prozent weiß. Ich wollte, dass die mal einen Abend darüber nachdenken, was Rassismus für sie bedeutet.«

»Aber darum geht es in meinem Stück doch gar nicht!«

»Nur weil die Figuren in deinem Text keine Hautfarben haben, heißt es nicht, dass sie keine Hautfarben haben.«

90

»Aha«, kommentierte Linn eingeschnappt. Aber Bettina hatte durchaus einen Punkt getroffen.

»Vero Amstel hat das sofort verstanden. Auch wenn sie sehr anstrengend sein kann. Man sieht es ihr zwar nicht an, aber sie hat ein ganz schön toughes Auftreten. Ich sag mir dann immer: Sie ist die Mariah Carey des Schauspiels.«

»Die Mariah Carey des Schauspiels?« Jetzt konnte Linn nur noch ungläubig den Kopf schütteln. Was war das für eine wilde These? »Wie kommst du denn darauf?«

»Ist dir das noch nicht aufgefallen? In jedem Artikel über Mariah Carey steht, wie schwierig diese Frau ist und dass sie dauernd Extrawünsche hat. Aber sie ist eben ein Genie! Und sie weiß es. Sie ist die beste Sängerin der Welt, schreibt ihre Lieder selbst, füllt die Hallen und hat Tausende Leute, die von ihr leben – verdammt, da ist es doch normal, dass man den Leuten sagt, welches Wasser in der Garderobe stehen soll!«

»Das ist jetzt aber bei Vero Amstel nicht wirklich der Fall, oder?«

»Nein. Was ich damit sagen will: Niemand würde so über Carey schreiben, wenn sie ein Mann wäre. Prince war genau so eine Diva, aber er war eben ein Mann. Ich glaube, wir alle haben einfach ein elementares Problem mit selbstbewussten Frauen. Und ich versuche, aktiv etwas dagegen zu tun.«

»Sorry, Bettina, aber ich hab's noch immer nicht verstanden. Was hat Vero Amstel mit Mariah Carey zu tun?«

Ihr Gegenüber seufzte laut auf. »Vero hat den Ruf, schwierig zu sein.«

»Was heißt denn schwierig? Ist sie ein Kollegenschwein? Zickt sie rum?«

»Nein, nein, nichts dergleichen. Privat ist Vero sogar ganz nett. Nur beim Arbeiten ist sie halt … anstrengend. Was glaubst du, warum sie eine eigene Garderobe hat und sich die anderen eine teilen? Bei den Proben will sie Szenen fünfzehnmal hintereinander spielen. Wenn ihr etwas nicht passt, wird das gnadenlos thematisiert und sei es auch noch so eine Kleinigkeit. Sie mischt sich in meinen Job ein und kritisiert die Spielweise der anderen. Auch wenn sie auf den ersten Blick nicht so wirkt: Sie haut dir ihre Meinung um die Ohren, hast du ja eben in der Garderobe selbst erlebt. Und darum gilt sie als schwierig.«

»Aber das ist doch der Traum jeder Regisseurin! Mal eine Schauspielerin zu haben, die mitdenkt, scheint mir nicht das Schlimmste auf der Welt zu sein. So was ist doch kein Grund, direkt als schwierig zu gelten.«

»Sag ich doch! Darum die Mariah Carey des Schauspiels! Genau wie Carey wird auch Vero hier Unrecht getan.«

»Ach Bettina«, seufzte Linn. »Nicht alles, was hinkt, ist ein Vergleich. Nur weil jemand selbstbewusst ist, muss man ihr nicht direkt einen Spitznamen verpassen. Kann man denn nicht selbstbewusst und trotzdem ein sympathischer Mensch sein?«

»Ha! Und das fragst ausgerechnet du!«

»Wie meinst du das?«

»Na, weil dich ein Großteil der Außenwelt auch als schwierig beschreiben würde! Wollen wir mal Hartmann fragen? Oder Thalheim-Sommer? Wollen wir uns mal den Spaß machen und beide kurz anrufen?«

»Ha ha! Das ist unfair! Das sind Idioten, die zählen nicht.«

Linn fand den Vergleich wirklich fies. Gerade Bettina musste doch wissen, dass sie ein sehr umgänglicher Mensch war. Natürlich nicht immer. Und nicht mit allen. Aber zumindest mit Bettina.

»Wie, die zählen nicht? Das sind die Meinungsmacher. Wenn die dich schwierig finden, verbreiten sie es weiter. Wenn du Pech hast, steht es in einem Artikel über dich – und dann wird es immer und immer wieder wiederholt.«

»Aber deswegen kann ich doch nicht aufhören, meine Meinung zu sagen.«

»Nein, kannst du nicht. Tut Mariah Carey auch nicht.«

Linn verzog das Gesicht. Manchmal hatte Bettina schräge Gedanken.

»Aber um deine Frage zu beantworten: Ich glaube schon, dass man selbstbewusst und im Kern trotzdem nett sein kann. Und ich denke, dass das auch das Ziel sein sollte. Vero ist da eigentlich nah dran. Das ändert aber nichts an der Außenwahrnehmung. Die meisten finden solche Menschen dennoch nicht sympathisch. Frag mal Marietta Slomka. Über die sagen immer noch Leute: ›Oh nee, die mag ich nicht.‹ Als ob man eine Nachrichtensprecherin mögen müsste. Der Prozess dauert noch ein paar Jahrzehnte.«

»Na toll ... Dann drücke ich uns mal die Daumen, dass wir wenigstens als alte Frauen noch vom Fortschritt profitieren.«

»Unwahrscheinlich. In ein paar Jahrzehnten ändert sich vielleicht die Einstellung zu selbstbewussten jungen Frauen. Selbstbewusste alte Frauen findet unsere Gesellschaft dann aber ziemlich sicher immer noch eine Zumutung.«

Linn trank ihre Cola aus. »Du hast gerade sehr erfolgreich von unserem ursprünglichen Thema abgelenkt, das ist dir schon klar, oder?«

Bettina zuckte mit den Schultern. »Kann sein. Aber ich will nicht über Hautfarben diskutieren. Und auch nicht über meine Inszenierung, bevor der Vorhang aufgeht.«

Linn seufzte laut.

»Na gut. Was machst du denn jetzt mit der Premiere?«

Bettina zuckte mit den Schultern. »Was man halt am Theater so macht. Improvisieren. Proben. Und eine Lösung finden. Ich habe jedenfalls das ganze Ensemble und die Technik bis morgen zu meiner Verfügung.«

»Und was, wenn der Kerl ein weiteres Mal zuschlägt?«

»Glaubst du, dass er das tun wird?«

»Wenn es wirklich darum geht, die Premiere zu verhindern, können wir das nicht ausschließen.«

Bettina machte ein grimmiges Gesicht und fuchtelte mit ihrer Gabel herum. »Wenn ich den erwische, wird er sich wünschen, nie einen Schritt in dieses Haus gesetzt zu haben.«

»Das ist eine gute Einstellung. Aber was, wenn es nicht beim symbolischen Mord bleibt? Wenn dein Ensemble in Gefahr ist?«

Bettina legte ihre Stirn in Falten. »Am besten wird es sein, ich spreche das offen an. Keiner soll sich im Theater mehr allein durch die Gänge bewegen. Immer nur zu zweit oder noch besser zu dritt. Und niemand kommt hier rein, der hier nichts verloren hat.«

»Vorhin auf der Bühne habe ich übrigens den Schönling von der Pressekonferenz gesehen.«

»Den Typen, der bei den Klos stand? Wann?«

»Als die Technik das Kruzifix vom Himmel geholt hat. Ich bin mir ganz sicher, dass ich seinen gegelten Haarschopf gesehen habe.«

»Und nun?«

»Na, auch er könnte es gewesen sein. Du solltest ein Auge auf ihn haben, wenn er wieder auftaucht.«

»Warum sollte der denn das Stück sabotieren? Der sah doch harmlos aus.«

Linn schüttelte den Kopf. »Mir ist der Typ nicht geheuer. Aber wenn du nicht auf mich hören willst, ist das dein Bier. Toi, toi, toi.«

»Was höre ich da?« Trina Huhn hatte sich mit ihrem Tablett zu ihnen an den Tisch gesetzt. »Toi, toi, toi darf man nur unmittelbar vor der Premiere wünschen, wenn alle schon in ihren Kostümen sind. Wenn Sie es vorher sagen, bringt das Unglück.«

»Das ist längst schon geschehen. Schlimmer kann es nicht mehr werden«, erwiderte Bettina. »Oder kannst du dir noch eine Steigerung vorstellen, Trina? Ich habe morgen Premiere und keine Hauptdarstellerin mehr.«

»Ach, Kopf hoch, Betti. Dir wird schon was einfallen.«

»Betti-na«, korrigierte die Regisseurin. »So viel Zeit muss sein.«

»Bitte?« Die große Blonde mit der markanten Brille starrte sie konsterniert an.

Linn lachte laut und kehlig. »Zack – und schon hast auch du zickig und unfreundlich gewirkt. Nicht wahr, Frau Huhn?«

»Warum?«, fragte Bettina irritiert. »Ich habe nur gesagt, wie ich heiße. Ich mag es nun mal nicht, abgekürzt zu werden. Auch mein Name braucht keine Diät.«

»Ach, das wusste ich ja gar nicht, dass du Betti nicht magst, Betti ... na. Bettina. Tut mir leid, hatte ich falsch abgespeichert.«

»Wahrscheinlich auf derselben Festplatte, wo auch Linu Kegel liegt?«, fragte Linn provokant. »Wir waren bei Ihrer Pressekonferenz. Ich bin Linn Kegel, die Autorin. Wir kennen uns vom Telefon. Ich hätte mich heute Morgen ja persönlich bei Ihnen vorgestellt, aber Sie waren zu beschäftigt, mich von Gesprächspartnern wie Herrn Weißweiler fernzuhalten.«

Trina Huhn lächelte gequält: »Sorry, das tut mir leid. Jonathan hat mir schon von Ihrem Gespräch erzählt. Sie hatten wohl nicht den besten Start. Aber bitte vertrauen Sie uns, wir wissen, was wir tun. Der typografische Trick mit dem umgedrehten N kommt super an. Und Ihr Stück ist wirklich gut geworden.«

»Danke. Ich habe trotzdem etwas gegen Zwangsvermännlichung.«

Die Dramaturgin sah sie an, als wollte sie noch etwas dazu sagen. »Tut mir leid. Jonathan hat ... Wirklich blöd, was da auf der Generalprobe passiert ist.«

»Blöd ist eine leichte Untertreibung«, erwiderte Bettina.

»Finde ich allerdings auch«, sagte Linn, jedoch bezogen auf die Blödheit des Intendanten.

»Ach, weißt du, Bettina, ich arbeite seit über zwanzig Jahren am Theater. Mich bringt so leicht nichts mehr aus der Ruhe. Wunder geschehen.«

»Aber bitte sofort!«

»Zwanzig Jahre?«, fragte Linn. »Und immer als Dramaturgin?«

Die Theaterfrau seufzte. »Als Regieassistentin, Pressereferentin, Dramaturgin, erweiterte Geschäftsleitung – die ganze Palette.«

»Aber nie als Intendantin.«

Hinter den Brillengläsern funkelte es kurz auf. »Nie Intendantin. Aber das soll hier nicht das Thema sein. Wie geht's denn jetzt bei euch weiter? Bettina geht proben und Sie, Frau Kegel?«

Linn erwiderte ihren Blick. »Da ich mit der Klage gegen Ihr Haus wohl noch bis nach der Premiere warten muss, werde ich mir erst mal ein Zimmer suchen. Frau Heidenreich hat in ihrer unendlichen Güte mein reserviertes Zimmer wieder storniert, weil ihr das Hotel nicht gefiel.«

»Der *Pfälzer Hof* geht gar nicht! Überhaupt: Wer kommt denn auf die Idee, ein Hotel in Wien nach der Pfalz zu benennen? Das ist, wie wenn man ein Hotel in Berlin *Hotel Ibiza* nennt. Das macht doch überhaupt keinen Sinn.«

»Trotzdem war die Stornierung keine gute Idee«, meinte die Dramaturgin.

»Ach, was!«

Trina Huhn war die Spitze in Linns Kommentar durchaus aufgefallen. »Nun, dieses Wochenende ist Messe in Wien. Da sind normalerweise alle Hotels restlos ausgebucht. Deshalb hat unser Betriebsbüro Ihr Zimmer schon vor Monaten reservieren lassen. Und schon da war es offensichtlich nicht ganz einfach, sonst wären Sie nicht im *Pfälzer Hof* gelandet. Das ist auch für uns nicht die erste Adresse.«

»Messe!«, stöhnte Linn auf. »Auch das noch. Vielen Dank auch, Frau Regisseurin.«

Bettina zuckte nur lapidar mit den Schultern. »Zur Not pennst du halt bei mir. Ich habe eine kleine Wohnung in der Josefstadt, zehn Minuten zu Fuß von hier. Sie ist aber wirklich klein. Ein Zimmer, alles drin. Aber wenn du willst, teile ich mein Bett mit dir.«

»Und ich dachte, es geht nicht mehr schlimmer«, stöhnte Linn auf.

»Haben Sie jetzt verstanden, dass Sie toi, toi, toi nie ohne Kontext sagen dürfen?«, fragte Trina Huhn ironisch und grinste.

Holla, dachte Linn, die Frau hat ja Humor. Und überhaupt wirkte sie, die Linu-Geschichte mal beiseitegelassen, eigentlich ganz sympathisch. Reproduzierte sie, Linn Kegel, etwa gerade den Mariah-Carey-Effekt? Hatte sogar sie selbst ein Problem mit selbstbewussten Frauen?

»Ich tu's nie wieder. Toi, toi – äh, ich meine, versprochen.«

Bewerbungstraining

Nach dem Essen hatte Bettina die Wohnungsschlüssel auf den Tisch gelegt, die Adresse genannt und war leise fluchend in Richtung Bühne verschwunden.

»Vor Mitternacht bin ich garantiert nicht zu Hause«, hatte sie Linn noch zugerufen. »Ich klingle dich dann raus. Jetzt muss ich unsere Premiere retten. Mist, verdammter!«

Mitternacht, dachte Linn. Wer's glaubt. Es war gerade drei Uhr. Wenn Bettina so kurzfristig noch die Hauptdarstellerin austauschen musste – und woher wollte sie überhaupt so schnell eine neue Besetzung herbekommen? –, sollte sie froh sein, wenn sie bis morgen Abend überhaupt noch zum Schlafen kam.

Linn jedoch spürte nun die Müdigkeit wie Blei. Der fehlende Schlaf machte sich mehr als deutlich bemerkbar. Dabei musste sie erst noch ihren Koffer finden – von Bettinas Wohnung in der Josefstadt ganz zu schweigen.

Sie verließ die Kantine und machte sich auf die Suche nach Franz Bankl, doch in seinem Pförtnerbüro war er nicht. Und dummerweise war es auch noch abgeschlossen, sonst hätte sie direkt drinnen nach ihrem Koffer gesucht.

Sie beschloss, in die Garderoben zu schauen. Im Nachhinein konnte sie nicht erklären, warum sie ausgerechnet dort nach dem Pförtner suchte. In diesem Trakt des Theaters hatte er eigentlich nichts zu suchen. Vielleicht weil es die Räume waren, die sie inzwischen kannte.

Linn nahm die Treppe in den ersten Stock und betrat den Garderobenflur. Bettinas Ensemble war offenbar bereits wieder auf der Bühne, denn von Roseanne Carlyle, Tarkan Keller und den Leuten aus der Schauspielschule fehlte jede Spur. Dafür brannte in der Garderobe von Vero Amstel Licht. Das war durch das Milchglasfenster im oberen Drittel der Tür deutlich zu sehen.

Wenn sie sich mit ihren knappen eins fünfundsiebzig etwas streckte, konnte sie sogar einen Blick in die Garderobe werfen. Falls der Täter so groß wie sie war, hatte er also ohne Probleme sichergehen können, dass Vero auch wirklich in der Garderobe war, bevor er mit einem Wumms die Tür aufstieß und sie niederschlug. Auch wenn er sie durch das Milchglas mit Sicherheit nicht genau erkennen konnte.

Linn konnte sehen, dass sich jemand in der Garderobe aufhielt. Vero konnte es nicht sein – der Schatten war ganz schön mächtig. Sie klopfte und trat ein.

Franz Bankl trug eine hellblonde Langhaarperücke mit dichtem Pony über seinen eng stehenden Augen und einen viel zu kurzen Ledermini. Er hatte eine Nylonstrumpfhose an, dazu hochhackige Schuhe und drehte sich vor dem Spiegel.

»Oh, entschuldigen Sie, Herr Bankl. Ich wollte Sie nicht stören.«

»Verdammt nochmal«, schimpfte er. »Sie haben mich also erkannt.«

Linn verzog erstaunt den Mund. »Natürlich habe ich Sie erkannt. Sie sehen immer noch aus wie heute Mittag. Jetzt halt mit falschen Haaren. Ist das eigentlich die Perücke, von der ich denke, dass sie es ist?«

Franz Bankl fühlte sich offenbar ertappt. »Ich dachte, die braucht niemand mehr. Die Bühnenarbeiter haben das Kreuz abgebaut. Die Perücke lag hinter der Bühne einfach so rum. Da habe ich gedacht: Kann ich sie mir ja nehmen.«

»Wozu brauchen Sie denn eine blonde Langhaarperücke? Gehen Sie auf einen Kostümball?«

Der rundliche Mann schüttelte den Kopf. Dann huschte ein Lächeln über sein Gesicht und er sagte nicht ohne Stolz: »I wo! Ich gehe doch nicht auf einen Kostümball. Ich werde mich bewerben!«

Linn konnte es nicht fassen. Was war das denn heute für ein verrückter Tag. Eigentlich wollte sie doch nur ihren Koffer holen und sich dann eine Runde in Bettinas Wohnung aufs Ohr hauen. Stattdessen, da war sie sich sicher, würde sie gleich mit dem Pförtner der *Festung* ein überaus seltsames Gespräch führen. Aber gut. Sei's drum, dachte sie sich und holte tief Luft.

»Auf was für eine Stelle wollen Sie sich denn in diesem Outfit bewerben?«

»Auf die Stelle von der Peppi Walzenhuber.«

»Was? Sie wollen als Garderobier arbeiten?«

»Nein, nein, eben nicht. Ich will als Garderobiere arbeiten. Das Theater ist ziemlich streng. Auch wenn bei Frau Heidenreichs Produktion alles drunter und drüber geht und Männlein und Weiblein sich sogar eine Garderobe teilen, ist die *Festung* in einem sehr strikt: Garderobiers kümmern sich um die Männer im Ensemble und Garderobieren um die Frauen. Also eigentlich.«

»Aber Sie sind keine Frau, Herr Bankl«, gab Linn zögerlich zu bedenken.

»Wer sagt das? Ich habe gelesen, dass man das Geschlecht auch ändern kann. Und dass jeder selber entscheiden soll, ob er ein Mann oder eine Frau sein will.«

»Erzählen Sie das mal den Frauen in Afghanistan.«

»Nein, verstehen Sie mich nicht falsch, für die gilt das natürlich nicht. Ich meine, die Frauen im Islam, die leben halt in diesen Verhältnissen. Da kann man nichts machen. Aber wir hier in Europa, wir haben doch die Wahl.«

»Sie meinen, in Afghanistan ist Geschlecht kein Konstrukt, nur bei uns? Und nur dort hat die Diskriminierung der Frauen mit krassen patriarchalen Machtstrukturen zu tun, aber hier ist es – was genau? Zufall? Dann ist es auch Zufall, dass Österreich noch nie eine Bundespräsidentin hatte?«

»Na ja, so würde ich das jetzt nicht formulieren. Sobald auch Männer Österreicherinnen sein können, wird sich das ganz schnell ändern.«

»Touché, Herr Bankl!« Linns Sehnsucht nach einem Schläfchen wuchs gerade ins Unermessliche. »Und was macht Sie so sicher, dass Sie eine Frau sind?«

»Schauen Sie mich doch an! Eigentlich wollte ich schon immer mal ein Kleid anziehen und so an die Öffentlichkeit. Finden Sie nicht, ich habe schöne Beine?«

»Doch, doch, die haben Sie. Sie sollten unbedingt öfters mal ein Kleid tragen. Aber deswegen können Sie trotzdem ein Mann bleiben. Was hält Sie davon ab? Ist doch schön, wenn auch die Männer etwas bunter werden und nicht alle gleich aussehen.«

Franz Bankl sah sie ernst an. »Aber Frau Kegel, Männer tragen nun mal keine Röcke.«

Nun musste Linn doch schmunzeln. Franz Bankl hatte etwas sehr Unschuldiges an sich, das sie durchaus ein bisschen rührte.

»Auch das sollten Sie besser nicht den Taliban sagen ... Also macht bei uns das Röcketragen automatisch jemanden zur Frau? Aber was ist dann mit mir? Ich trage nie Röcke oder Kleider. Meine Haare sind nur kinnlang, manchmal sogar noch kürzer, und auf solchen Schuhen könnte ich noch nicht einmal stehen, geschweige denn, einen Schritt machen. Bin ich deshalb ein Mann?«

Der Pförtner stutzte. »So rum habe ich mich das nie gefragt. Ist ja auch egal. Kann sein, dass Sie eigentlich ein Mann sind. Da sollten Sie mal drüber nachdenken. Ich möchte jedenfalls gern als Garderobiere arbeiten. Und wenn das als Mann nicht geht, werde ich halt Frau.«

Linn beobachtete mit hochgezogenen Brauen, wie er sich kokett auf seinen Highheels drehte.

»Wobei es wahrscheinlich einen Grund gibt, warum Gardero-

bieren bei der Arbeit garantiert keine Miniröcke und hochhackige Schuhe tragen.«

Franz Bankl musterte sie erneut und nickte bedächtig. »Da
haben Sie allerdings recht. Aber diese Schürzen, die Peppi immer
anhatte, finde ich nicht schön. Die stehen mir bestimmt nicht.«

»Bei Arbeitskleidung geht es nicht darum, ob sie einem steht.
Warum bewerben Sie sich denn nicht als Garderobier?«

Der Pförtner errötete und wirkte verlegen. »Na ja«, druckste
er herum, »Frauen riechen besser.«

»Wie bitte?« Linn fühlte sich im falschen Film.

»Ist Ihnen das noch nicht aufgefallen? Wenn Männer schwitzen – und auf der Bühne schwitzen sie dauernd, das ist ja Hoch-
leistungssport, was die Leute da machen –, dann riechen die.
Frauen tun das nie. Ich weiß auch nicht, warum. Muss etwas
Biologisches sein.«

Linn versagte sich ihre Replik und biss sich stattdessen auf die
Unterlippe.

»Roseanne beispielsweise. Diese Frau riecht immer gut. Ich
könnte den ganzen Tag an ihr riechen, so gut riecht die.«

»Herr Bankl, ich will Ihnen Ihren Traum wirklich nicht kaputtmachen. Es geht mich auch gar nichts an. Eigentlich will ich
nur meinen Koffer abholen. Vielleicht reden Sie einfach mal ganz
offen mit der Theaterleitung über Ihren Wunsch nach beruflicher
Veränderung. Ich fürchte nur, selbst wenn es mit der Stelle klappen sollte, sieht der Job nicht vor, dass Sie den lieben langen Tag
an Roseanne Carlyle rumschnüffeln. Ich könnte mir vorstellen,
dass Roseanne das auch gar nicht gut finden würde.«

»Da könnten Sie recht haben ...«

»Wissen Sie überhaupt, was Frau Walzenhuber alles gemacht
hat?«

»Also, wenn Sie mich jetzt fragen, ob ich bügeln kann: Ja,
das kann ich. Hat mir meine Frau beigebracht, bevor sie das letzte Mal auf Kur gefahren ist. Sie meinte, dass ich nicht mit un-
gebügelten Hemden zur Arbeit gehen kann, nur weil sie einmal

fünf Wochen ausfällt. Und Leuten beim Anziehen helfen kann ich auch. Ich ziehe mich ja schließlich selber jeden Morgen an.«

Linn konnte es nicht fassen. Aber das musste sie ja auch gar nicht. Dieses Gespräch sollte mal schön Thalheim-Sommer führen. Es war ihm zu gönnen.

»Können wir uns jetzt bitte um meinen Koffer kümmern?«

Schlag auf Schlag

Ihre Faust traf Jean-Claude Porter hart auf den Wangenknochen. Er hatte den Schlag nicht kommen sehen und sich nicht geschützt.

»Hast du sie noch alle? Was soll das?«, fragte er entrüstet.

Sie hatte den Mistkerl auf der Studiobühne gefunden. Nach der Generalprobe hatte er sich keinem Suchtrupp angeschlossen, sondern war offensichtlich abgezischt, um sich aus der Affäre zu ziehen. Für sie war damit alles klar.

»Was das soll?«, keifte Roseanne Carlyle wütend. »Du fragst mich im Ernst, was das soll?!« Noch einmal holte sie aus. Diesmal traf ihre Faust ihn in der Magengrube. Wie gut, dass sie jahrelang neben dem Ballett- auch beim Boxtraining war. Vielseitigkeit zahlte sich immer aus. Der Mann mit dem Käppi allerdings hatte im Gegensatz zu ihr wirklich schlechte Reflexe und krümmte sich vor Schmerz.

»Erst verweigerst du mir die Rolle der Lena mit der Begründung, dein weißer Leonce könne keine Schwarze heiraten, und dann versuchst du auch noch, meine Premiere zu vereiteln.«

»Moment mal, Rosi«, keuchte Jean-Claude. »Das stimmt so nicht. Dass ich dir die Rolle nicht gegeben habe, hat überhaupt nichts mit deiner Hautfarbe zu tun. Du weißt, ich liebe deine Haut.«

»Ach, hör doch auf mit diesem Schmu!«

»Aber Lena ist ein junges Mädchen. Sie ist vielleicht achtzehn. Und du, Rosi, bist Ende fünfzig. Auch wenn du natürlich viel jünger aussiehst, passt das einfach nicht. Außerdem ist die *Petra*-Premiere gerade mal eine Woche vor unserer. Wie hätte das denn gehen sollen? Und überhaupt wäre das zu viel für dich geworden.«

»Ach, scheiß auf deine Rücksicht und deinen Realismus! Dein Leonce ist auch keine achtzehn mehr, sondern locker über vierzig. Da ist das Alter dann plötzlich kein Problem, was?«

»Jetzt beruhig dich doch. Eure Premiere wird schon stattfinden. Die Heidenreich wird das schon machen.«

»Das sind ja ganz neue Töne von dir! Bislang hast du keine Gelegenheit ausgelassen, um sie schlechtzureden.«

Roseanne Carlyle holte erneut aus. Jean-Claude Porter hob beschwichtigend die Hände.

»Gewalt ist doch keine Lösung, Rosi!«

»Das sagt ausgerechnet der Mann, der die Hauptdarstellerin der Konkurrenz-Produktion niederschlägt, fesselt und in einen Schrank sperrt. Versuch erst gar nicht, es abzustreiten, Jean-Claude. Du willst, dass unsere Premiere platzt!«

»Jetzt glaub mir doch, Rosi«, blitzschnell fasste er ihr Handgelenk und hielt es mit eisernem Griff fest. Kalt blickte er ihr in die Augen. »Eure Premiere geht mir am Arsch vorbei.«

Denkfabrik

Anstatt nach Hause zu fahren, hatte sich Vero Amstel ins Auto gesetzt und war ziellos herumgekurvt. Das brauchte sie, um wieder einen klaren Kopf zu bekommen. Sie war eine passionierte Autofahrerin, hatte direkt mit achtzehn den Führerschein gemacht und seitdem immer einen fahrbaren Untersatz besessen. Selbst in Zeiten, in denen es ihr finanziell schlecht ging und sie es sich eigentlich nicht leisten konnte. Ein Auto bedeutete für sie Freiheit und Unabhängigkeit. Wenn ihr alles zu viel wurde, schwang sie sich in ihren Wagen und fuhr einfach los. Einmal war sie von Salzburg, wo sie damals wohnte, mit ihrer damaligen Schrottlaube sogar bis nach Portugal gefahren. In einem durch. Sie hatte nur auf einem Rastplatz in Frankreich ein paar Stunden geschlafen, dann ging es weiter. Ohne bestimmtes Ziel. Einfach, um klar denken zu können. Als sie damals wieder zurückgekommen war, wusste sie, dass sie ihr Leben ändern musste. Und das hatte sie auch getan – gründlich.

Dass sie heute als Schauspielerin arbeiten konnte, und dies auch noch an der *Festung*, hätte damals niemand gedacht. Auch sie selbst nicht.

Die lange Autofahrt hatte ihr buchstäblich das Leben gerettet.

Jetzt fuhr sie auch, wenn sie beispielsweise Text lernen musste. Ja, sie wusste, Klimaschutz und so. Aber was machte es global schon für einen Unterschied, wenn sie mit ihrem Auto für ein paar Stunden über die Landstraßen durch den Wiener Wald fuhr? Wenn das alle machen würden, dann okay. Aber dem war ja nicht so. Die Straßen auf dem Land waren frei. Kein Stau nirgends. Und ihr Auto war inzwischen keine Schrottlaube mehr. Zudem fuhr sie selten über hundert. Also kein Grund für übertriebenen Klimaaktivismus. Die Spritpreise konnte sie sich auch leisten. Das war es ihr wert.

Ihr Auto war ihre Denkfabrik. Hier regelte sie alles mit sich.

Darum war sie so froh, dass sie heute mit dem Wagen ins Theater gekommen war. Sie musste dringend ein paar Stunden herumfahren und nachdenken.

Die Beule an ihrem Hinterkopf pochte zwar immer noch, doch das war nicht das, was sie in erster Linie beschäftigte. Vero dachte an die Figur am Kreuz. Die Puppe, die so aussah wie sie. Gefesselt, mit blutigen Füßen und Wiener Würstchen um den Hals. Eine Installation voller Hass und Brutalität.

Dass er sie hasste, wusste sie schon seit geraumer Zeit. Sie war jedoch bislang der Meinung gewesen, damit umgehen zu können. Gut, dann hasste er sie eben! Im Gegensatz zu vielen anderen musste sie nicht von der gesamten Welt geliebt werden. Ihre Vergangenheit hatte sie nur zu gut gelehrt, dass sie es nie allen recht machen konnte. Sollte er sie eben hassen!

Nie im Leben hatte sie aber damit gerechnet, dass sein Hass nicht still im Kämmerlein bleiben, sondern raus an die Öffentlichkeit drängen würde. Und diese Affen im Theater hatten alle keine Ahnung! Die wollten sie zum Arzt und zur Polizei schicken. Lachhaft! Gegen diesen Hass konnte nur sie selbst etwas tun, niemand sonst.

Hinter dem nächsten Abzweig stoppte sie am Straßenrand. Ihr Blick schweifte über das weite Feld, das sich neben ihr auftat. Es war ein wunderschöner, sonniger Herbsttag. Schon in wenigen Wochen würde es kälter werden.

Wo sie dann wohl wäre? Sie musste jetzt handeln und es klären. Sie durfte nicht mehr länger warten.

Vero nahm ihr Handy aus der Handtasche und wählte.

Als sich die Stimme am anderen Ende der Leitung meldete, machte sie keine Umschweife, sondern ging direkt in medias res: »Wir müssen uns treffen. Ich habe dir was zu sagen.«

»Das trifft sich gut«, meldete sich eine Männerstimme. »Ich muss dir auch etwas sagen. Etwas sehr Wichtiges.«

Das Attentat

Das Haus, in dem Jonathan Thalheim-Sommer gemeinsam mit Trina Huhn in einer geräumigen Vierzimmerwohnung im dritten Stock wohnte, machte ganz schön etwas her. Das lag nicht nur an der dekorativen Gründerzeitfassade – davon gab es schließlich viele in Wien –, sondern auch an seiner Adresse in der Gonzagagasse. Diese lag zentral in der Wiener Innenstadt, nur fünfzehn Gehminuten von der *Festung* entfernt und ganz in der Nähe der Schwimmenden Gärten, die in den Donaukanal gebaut worden waren. Vor allem aber passte der Name perfekt zu einem Theaterintendanten und einer Dramaturgin: Hettore Gonzaga, der Prinz von Guastalla, war schließlich eine zentrale Figur in Lessings *Emilia Galotti*. Thalheim-Sommer hatte sich deshalb gefreut wie ein Kind, als sie die Zusage für die Wohnung bekommen hatten. Bei Trina Huhn war die Freude eher nüchterner Natur gewesen: Die Assoziation der Adresse mit Lessings Prinzen Guastalla, der seine Geliebte abserviert, sich in Emilia verliebt und erst den Tod ihres Verlobten und in der Folge auch noch den ihren mitzuverantworten hatte, ließ sie schaudern. Hätte sie die Wahl gehabt, ihr wäre ganz sicher eine Wohnung in einer Blumen- oder Marktgasse lieber gewesen. Als Jonathan Thalheim-Sommer an diesem Nachmittag vom Theater nach Hause kam, sollte er sich hieran erinnern.

Doch zunächst betrat er das Wohnhaus wie schon viele Male zuvor. Er war allein, seine Lebensgefährtin hatte das Theater schon ein paar Stunden vor ihm verlassen. Da er jedoch nicht sicher war, ob sie danach noch zu einem ihrer Fitnesskurse wollte – er wusste auch nicht, warum er sich ihre Kurstage nicht merken konnte, aber so war es eben – oder vielleicht noch auf Einkaufstour, ging er erst zum Briefkasten. Er öffnete ihn genauso wie all die Male davor. Zwar spürte er schon beim Aufschließen, dass der Kasten sehr voll sein musste – der Druck des Inhalts auf die Tür war deutlich zu spüren –, allerdings hätte er nie im Traum damit gerechnet, dass ihm etwas anderes als Zeitungen und Briefe entgegenfallen könnte.

Als die Briefkastentür aufsprang, quoll eine blutige, glibberige Masse heraus und fiel platschend zu Boden. Dann löste sich ein langer schleimiger Schlauch, triefend vor Blut und Fäkalien, blieb an einem Nagel hängen und baumelte nun halb aus dem Kasten.

Thalheim-Sommer würgte. Jemand hatte Fleisch- und Gewebeklumpen in den Briefkasten gequetscht. Der Schlitz, der sich bei diesen schönen alten Holzbriefkästen oben befand, war völlig verschmiert. Dieser Jemand hatte sich offensichtlich Mühe gegeben, möglichst viele Schlachtabfälle in den Kasten zu pressen.

»Schweinedarm«, stieß Thalheim-Sommer angeekelt hervor und hielt sich reflexartig den Zipfel seines Sakkos vor die Nase. Der Gestank nahm ihm fast den Atem. Er kannte diesen Geruch nur zu gut. In dem kleinen Dorf in Norddeutschland, aus dem er kam, schlachteten die Bauern alle noch selbst. Wurden die Innereien aber nicht direkt gesäubert und weggepackt, sondern blieben aus irgendeinem Grund liegen, entwickelten sie sehr schnell diesen spezifischen Gestank, der nun aus seinem Briefkasten kam.

Die wenige Post, die sich im Kasten befand, war durch die Glibbermasse völlig zerknautscht, durchfeuchtet und voller Blut. Thalheim-Sommer erkannte den Absender eines Autografen-Händlers, bei dem er vor kurzem eine wertvolle handgeschriebene Postkarte von Bertolt Brecht bestellt hatte.

»Oh nein!«, rief er verzweifelt, doch der Ekel war zu groß, um in den Kasten zu fassen und das Sammlerstück zu retten.

Thalheim-Sommer ertrug den Anblick nicht länger und floh in den Innenhof. Dort lehnte er sich aufgeregt an die Hauswand und versuchte, tief ein- und auszuatmen. Er musste sich beruhigen.

Sein Blick fiel auf seine italienischen Wildlederschuhe. Auf dem linken klebte ein Stückchen Leber. Angewidert schüttelte er es ab.

Welches Ungeheuer hatte das getan?

In der letzten Zeit hatte er die Kinder in der Nachbarschaft zwar manchmal bei Klingelstreichen erwischt. Aber das hier, das ging eindeutig weit über harmlose Kinderspielereien hinaus. Hier war jemand planvoll am Werk gewesen.

Seine Hand zitterte, als er das Handy aus der Jackentasche klaubte. Er musste Trina anrufen – doch leider sprang nur ihr Anrufbeantworter an. Wahrscheinlich war sie doch bei ihrem bescheuerten Yoga, Pilates oder Was-auch-immer. Er musste ihr eine Nachricht hinterlassen.

»Trina, *mon amour*, ich bin's. Du musst so schnell es geht nach Hause kommen. Jemand hat unseren Briefkasten mit Schweineabfällen gefüllt. Es ist so widerlich, und es stinkt wie früher bei Bauer Jansen. Komm bitte, so schnell du nur kannst. Und bring dir Handschuhe und Müllsäcke mit, ja?«

Das wäre schon mal erledigt, dachte er. Jetzt brauchte er auf diesen Schreck einen Schnaps. Er holte tief Luft. Dann rannte er, ohne nochmals einen Blick auf das widerwärtige Gedärm zu werfen, an den Briefkästen vorbei zum Fahrstuhl und fuhr in den dritten Stock.

In der Wohnung goss er einen großen Schluck Cognac in einen der alten Schwenker und setzte sich in seinen Lieblingserker. Erst jetzt stellte er fest, dass auch sein Sakko etwas abbekommen hatte. Blitzschnell zog er es aus und ließ es direkt neben seinem Sessel auf den Boden fallen. Trina musste das Teil möglichst bald in die Reinigung bringen. Das war sein Lieblingssakko. Er hatte es vor ein paar Monaten in einer schicken Herrenboutique in

München gekauft, es hatte ein kleines Vermögen gekostet. Aber dafür war es von *Boss*, Thalheim-Sommer fand das überaus passend. Er durfte gar nicht daran denken, dass es in Kontakt mit diesem ekelhaften Zeug gekommen war.

Besser, er konzentrierte sich auf den Cognac. Ein zehn Jahre alter *Courvoisier*, ein feiner Tropfen. Der Vorsitzende der Freundesgesellschaft des Theaters hatte ihm die Flasche nach seiner ersten erfolgreichen Spielzeit geschenkt. Und der Herr Magistratsdirektor wusste, was gut war. Der war in der gesamten Freundesgesellschaft als Kenner edler Spirituosen bekannt. Genau das Richtige also, um die schrecklichen Bilder aus dem Kopf und den Gestank aus der Nase zu bekommen.

Gierig leerte er den Schwenker in einem Zug und schenkte nach.

Wer nur hatte das getan? Offensichtlich jemand mit viel Wut. Die brauchte es, um so viel Fleisch in einen Briefkasten zu pressen. Und zimperlich durfte man da auch nicht sein. Ob Trina mal wieder irgendetwas verbockt hatte und das war nun die Quittung?

Thalheim-Sommer spürte, wie Zorn in ihm hochstieg. Immer musste diese Frau irgendetwas anstellen, das er am Schluss wieder ausbügeln konnte!

Aber was würde eine solche Replik rechtfertigen? Nein, einen so großen Fehltritt traute er ihr dann doch nicht zu.

Wieder leerte er den Schwenker, wieder goss er sich nach.

Sein Atem stockte. Galt der Anschlag vielleicht ihm selbst? Doch was hätte er sich schon zuschulden kommen lassen? Er war im gesamten Haus beliebt! Vom Pförtner bis zu den Statisten, von den Schauspielern bis zu den Regisseuren! Die Leute mochten seinen Humor, seine klugen Erklärungen, seine großzügige Art. Wo gab es denn sonst noch so einen Chef wie ihn! Einen Chef, der sich für seine Leute einsetzte, der sich Zeit nahm, der sich ihre Anliegen mit echter, ehrlicher Empathie anhörte! Einen, der immer einen fröhlichen Spruch auf den Lippen hatte und für den Respekt und Höflichkeit keine leeren Floskeln waren. Er konnte sich beim besten Willen nicht …

»Peppi Walzenhuber, du blöde Fotze!«, rief Thalheim-Sommer laut und nahm noch einen Schluck. So lecker, wie vom alten Magistratsdirektor-Sack angepriesen, war das Zeug nun wirklich nicht. Da hatte er mehr erwartet. Er schenkte großzügig nach.

Diese dumme Garderobieren-Mumie! Hätte er die bloß schon längst entlassen. Seit er an der *Festung* war, hatte die ihn die ganze Zeit mit ihrer besserwisserischen Art aufgeregt. Eine blöde Klugscheißerin war das!

»Und immer so etepetete, als wäre sie etwas Besseres als eine untergeordnete Bügelschnepfe!«, schimpfte er laut vor sich hin.

Auch der nächste Schluck Cognac aus dem Schwenker war umfassend.

Dennoch komisch, dass sich so eine Madame Vornehm wie die Walzenhuber für ihre Rache Fleischabfälle besorgte. Nein, eigentlich kam ihm das nun gar nicht mehr passend vor. Aber wer sonst würde ihm so etwas antun?

Dann fiel es ihm ein.

»Tarkan Keller, du Scheiß-Marokkaner!«

Ja, das musste es sein. Jonathan Thalheim-Sommer war sich sicher: Dieser kleine Couscous-Fresser wollte sich mit dieser Aktion rächen, weil er ihm keine Inszenierung geben wollte. Die *Festung* war ja schließlich nicht die Wohlfahrt!

»Der soll mal schön bei anderen Theatern Klinken putzen gehen, wie es sich gehört für so einen Eingewanderten!«

Vielleicht stand der Anschlag auf seinen Briefkasten auch in direktem Zusammenhang mit dem, was am Mittag bei der *Petra*-Generalprobe passiert war. Hatte die Puppe nicht ebenfalls Fleisch um den Hals getragen? Zudem waren die Füße blutig gewesen, auch das passte. Vielleicht galt der Vorfall bei der Generalprobe eigentlich ihm – und Keller war für beides verantwortlich! Wenn das kein Grund für eine fristlose Kündigung war!

Thalheim-Sommer fühlte sich wieder wie der Hüne, der er

war, und schlug donnernd mit der Faust auf den Tisch. Der Cognac-Schwenker wackelte gefährlich.

Aber konnte der Marokkaner es wirklich gewesen sein? Der war doch bestimmt Moslem! Der durfte wahrscheinlich gar kein Schweinefleisch anfassen, geschweige denn Schweinefleischabfälle. Wahrscheinlich käme er dafür direkt in die Hölle. Nix mit neunundneunzig Jungfrauen! Oder waren es zweiundsiebzig?

Könnte es also sein, dass jemand anderes hinter allem steckte? Jemand, an den er bislang noch nicht gedacht hatte?

Der Intendant leerte den Schwenker in einem Zug. Plötzlich fiel es ihm wie Schuppen von den Augen.

»Linn Kegel, du verdammte eingebildete Bitch. Komm du mir in die Finger ...«

Stadtspaziergang

Endlich hatte Linn ihren Koffer wieder. Doch beim Ausfahren des Griffs knackste es laut und sie hielt das ganze Gestänge in der Hand.

»*Huere Siech*! Hört das denn heute gar nicht mehr auf mit diesem Pech?«

Ziehen konnte sie den schweren Trolley nun nicht mehr. Es blieb ihr nichts anderes übrig, als ihn zu schieben. Zum Glück war Bettinas Wohnung nicht allzu weit entfernt.

Mit dem Schwung der Verzweiflung manövrierte sie den Koffer an einer Touri-Gruppe vorbei über den Theatervorplatz und an der Ampel über den Universitätsring.

Erst jetzt fiel ihr auf, wie hübsch es hier war. Sie warf einen anerkennenden Blick auf das alte Rathaus, das direkt gegenüber der *Festung* in einem Park lag. Die Septembersonne tauchte alles in warmes Licht. Die Grünanlage war gut besucht – und das, obwohl der Volksgarten nur wenige Schritte entfernt lag. Einige Familien veranstalteten ein Picknick, junge Menschen steckten die Köpfe über Büchern zusammen, ein älteres Ehepaar saß auf einer Bank und beobachtete das Treiben.

Linn war schon viel zu lange nicht mehr in Wien gewesen. Ihr letzter Aufenthalt lag Jahre zurück. Als langjährige Kölnerin neigte sie dazu, zu vergessen, wie schön und gepflegt Städte sein konnten. Es ging eben doch auch anders.

Beim letzten Mal war sie als Touristin in der Stadt gewesen.

Nie hatte sie sich träumen lassen, einmal als Theaterautorin zurückzukehren. Und egal, ob die Premiere nun stattfand oder nicht: Sie konnte stolz auf sich sein.

Linn schob ihren Rollkoffer links am Rathaus vorbei und über die nächste große Straße. So langsam begann ihr Rücken zu schmerzen. Aber schieben war immer noch besser, als das blöde Ding zu tragen. Da war sie sich sicher.

Vor dem *Eiles* legte sie eine Pause ein. Bettina hatte ihr am Telefon von diesem Café erzählt und bei der Gelegenheit das Konzept erklärt: Auch wenn sich viele Lokalitäten hier unauffällig *Café* oder *Kaffeehaus* nannten, waren sie bis Mitternacht und darüber hinaus geöffnet und hatten auch Schnitzel und Alkohol im Angebot. Diese Kombination gefiel Bettina natürlich, zumal das *Eiles* auf ihrem Nachhauseweg vom Theater lag. Und sie gefiel auch Linn. Vielleicht würde sie es sich für den Rest des Tages hier gemütlich machen. Ein bisschen Verwöhnprogramm hatte sie sich verdient. Aber erst musste sie dieses Ungetüm von Koffer loswerden.

Linn schob ihn weiter in die Josefstraße, vorbei am mondänen Hotel Josefhof. Der Schweiß rann ihr über die Stirn. Warum nur hatte sie ihren Koffer so vollgepackt? Sie war doch nur für ein paar Tage in Wien! Und warum hatte sie unbedingt einen ganzen Stapel Bücher mitnehmen müssen? Einen Moment überlegte sie, ob sie vielleicht doch – auf Bettinas Kosten – im Josefhof nach einem freien Zimmer fragen sollte. Doch sie hatte keine Nerven mehr für Umwege, die am Ende doch in Sackgassen führen würden. Für heute war sie oft genug gescheitert.

Dann hatte sie es endlich geschafft und die Zeltstraße 3a erreicht. Ein Blick auf die Klingelschilder verriet ihr, dass die Wohnung, die zum Theater gehörte und in der Bettina für die Probenzeit wohnen konnte, im vierten Stock lag. Natürlich ohne Aufzug. Unter Stöhnen und lauten schweizerdeutschen Flüchen kämpfte Linn sich mitsamt Koffer hinauf, schloss die Tür auf und war am Ziel.

Die Wohnung war winzig und ein einziges Chaos, überall lagen Klamotten herum, in der Spüle stapelten sich die gebrauchten Kaffeetassen. Das Bett, das einen Großteil der Einzimmerwohnung einnahm, war nicht gemacht, und auch gelüftet wurde wohl schon seit einigen Tagen nicht mehr. Doch das war alles egal. Sie schaffte es gerade noch, sich die Sneaker von den Füßen zu streifen. Dann ließ sie sich, verschwitzt wie sie war, aufs Bett fallen und war sofort eingeschlafen.

Im Rampenlicht

Linn stand im Scheinwerferlicht auf der Bühne der *Festung*. Der Zuschauerraum war bis auf den letzten Platz gefüllt, alle Augen waren auf sie gerichtet. Um sie herum tanzten Tarkan Keller, Roseanne Carlyle und Hoshi Takahashi, alle drei in Tutus, in denen sie die unglaublichsten Verrenkungen vollführten.

»Was ist los? Sprich doch endlich weiter«, raunte ihr Hoshi zu. Sie stand auf einem Bein und hatte das andere von hinten über ihre eigene Schulter gelegt.

»Ist das anatomisch überhaupt möglich, was du da machst?«, fragte Linn. Das Publikum lachte, einzelne applaudierten sogar.

»Das ist nicht der richtige Text«, raunte ihr Tarkan zu. Er hatte sich rücklings zu einer Brücke gedehnt, wobei sich seine Hände und Füße berührten.

»Welcher ist denn der richtige? Ich kann mich nicht erinnern.«

»Streng dich mal an! Jetzt mach endlich!« Tarkan packte seine Füße und rollte los, immer um Linn herum. Er sah sie mit strafendem Blick an, dann begann er zu singen: »Wien, Wien, nur du allein, du sollst die Stadt meiner Träume sein!«

Nun hüpfte Roseanne auf sie zu, allerdings nicht auf ihren Füßen, sondern auf ihren Händen. »Na los! Sag deinen Text! Deinen Text! Das kann doch nicht so schwer sein. Und steh nicht so unbeweglich rum, mach es wie ich.« Ihre langen, schlanken Ballettbeine hatte sie zum Spagat gespreizt.

Wie soll das denn gehen?, dachte Linn. Ich bin doch nicht aus Gummi. Unbeholfen versuchte sie, ihr Bein nach oben zu recken und durchzudrücken. Es klappte nicht. Wieder lachte das Publikum amüsiert.

Besser, als wenn sie mit Tomaten nach mir werfen, dachte Linn. Warum nur fiel ihr der Text nicht ein?

Roseanne drehte sich jetzt wie wild um die eigene Achse und sang auch: »Wiener Blut, Wiener Blut, eigner Saft voller Kraft, voller Glut! Sing, Linn! Sing!«

»Ich kenne aber keine Operetten!«

»Hello, hello! Vienna Calling«, hörte sie Hoshi.

»Das ist doch von Falco, das ist keine Operette!«

»Sing!«, spornte sie Tarkan an.

»Sing!«, trällerte Roseanne.

»Jetzt sing doch!«, hörte sie Bettinas rauchige Stimme aus der Gasse.

Moment mal, dachte Linn. Die singen alle durcheinander. Das passt doch gar nicht zusammen.

»Sing!«

»Sing!«

»Nun sing schon!«

Linn stand immer noch mitten auf der Bühne und hatte keine Ahnung, was sie tun sollte. Zudem waren das alles Lieder von Männern. Gab es denn keine Wien-Hymne von einer Frau? Das konnte Bettina doch nicht ernsthaft so inszenieren! Aber warum kam ihr nur Conchita Wurst in den Sinn?

»Rise like a Phoenix«, setzte sie an. Doch ihre Stimme war belegt, es kam nur ein Krächzen. Erneut versuchte sie, dazu ihr Bein zu recken. Sie verlor das Gleichgewicht. Wie ein Sack plumpste sie auf die Bühne und blieb liegen. Und nun mischte sich auch noch ein schräges Klingeln in die Kakophonie. »Bettina? Bettina! Wir müssen abbrechen«, stöhnte Linn. »Abbruch!«

Dann wachte sie auf.

Einen Augenblick hatte sie keine Ahnung, wo sie sich befand.

Ihr Kopf war vom Schlaf noch ganz umwölkt. Dann erinnerte sie sich an die Wohnung in der Zeltstraße. Sie lag völlig verrenkt in Bettinas Bett.

Ihr Handy klingelte. Das also war das störende Geräusch gewesen ...

Immer noch im Halbschlaf tastete sie danach und führte es zum Ohr.

»Ja?«

»Hallo? Frau Kegel, sind Sie das?«, hörte sie ihren Verleger Jo Hartmann brüllen. »Warum dauert das bei Ihnen nur immer so lange?«

Linn überlegte kurz, ob Hartmann auf diese Frage tatsächlich eine Antwort erwartete, entschied sich dann aber dagegen. Stattdessen versuchte sie, die Reste des Schlafs abzuschütteln und zu verstehen, was er von ihr wollte.

»Jonathan Thalheim-Sommer hat mich angerufen und sich über Sie beschwert.«

Sie stöhnte laut auf. »Der hat sie doch nicht mehr alle! Was glaubt er, wer Sie sind? Mein Vormund? Ich habe allen Grund, mich über ihn zu beschweren!«

»Nun machen Sie mal halblang, Frau Kegel! Ihr Stück wird morgen an der *Festung* uraufgeführt ...«

»Na, das ist noch nicht so sicher«, murmelte Linn. Eine Uraufführung setzte ein vollständiges Ensemble voraus – und ob Bettina es bis morgen zusammenhatte, war sehr die Frage.

»Wie bitte? Egal. Jedenfalls ist das eine Ehre für eine Krimiautorin wie Sie. Da können Sie sich doch nicht bei der Theaterleitung wie eine Furie benehmen und deren Marketing kritisieren!«

»Wie eine *was*? Hat Thalheim das gesagt? Dass ich mich wie eine Furie aufgeführt habe? Der hat doch nicht mehr alle Löffel beisammen. Das Theater wirbt überall mit *Linu Kegel* und tut so, als wäre das Stück von einem Mann! Bei der Pressekonferenz haben sie sogar einen mysteriösen Schönling aufgefahren, damit die Presse darauf reinfällt.«

120

»Ja, Thalheim-Sommer hat mir auch erzählt, dass Sie Anfänge einer Paranoia zeigen, Frau Kegel. Seien Sie versichert: Der Intendant hat nichts in diesem Sinne geplant und getan, das umgedrehte N ist einfach eine typografische Besonderheit. So wie die verlaufenen Buchstaben bei der Rocky Horror Picture Show. Von daher sage ich Ihnen nun als Ihr Verleger: Halten Sie die Füße still! Seien Sie mal ein bisschen freundlich zu den Menschen, die Sie unterstützen. Lächeln Sie auch mal. Und führen Sie sich nicht immer auf wie eine Siebzigerjahre-Feministin. Da waren Sie doch noch gar nicht geboren!«

»*Sie* sollten mal ein bisschen netter mit *mir* umgehen, Hartmann«, erwiderte Linn spitz. Sie hatte diese Gespräche mit ihrem Verleger so satt. Jedes Mal kam er mit seinem »Kämmen Sie sich mal! Lächeln Sie mal! Benehmen Sie sich mal!« – als ob sie die letzte Neandertalerin wäre. Und wenn schon: Was ging ihn das eigentlich an? Ob er mit seinen Autoren auch so umging? Mit Martin Walshof zum Beispiel, der seine Fußpflege offensichtlich so vernachlässigte, dass seine Nägel einwuchsen? Sicherlich nicht.

»Ich werde mir vorbehalten, das Theater nach der Premiere zu verklagen. Und wenn Sie auch nur daran denken, die Verlinuisierung meines Vornamens für meine Bücher zu übernehmen, werde ich mir einen neuen Verlag suchen. So ist das nämlich.«

»Liebe Frau Kegel«, hörte sie nun Hartmann am anderen Ende der Leitung nicht ohne Anstrengung flöten, »wie lange kennen wir uns jetzt schon? Und hatten Sie in all dieser Zeit einmal ein Angebot von einem anderen Verlag? Da würde ich an Ihrer Stelle mal scharf drüber nachdenken. Sie brauchen mich.«

»Sie brauchen *mich*! Wer schreibt Ihnen denn sonst Ihre Bestseller, wenn nicht ich?« Linn kam nun richtig in Fahrt. »Und nur damit Sie es wissen: Ich bin die Mariah Carey der Unterhaltungsliteratur!«

Schon beim Aussprechen dieses Satzes wusste sie, dass das ein Fehler war. Immer diese Bettina mit ihren knackigen Vergleichen, die sich dann im Gehirn festsetzten! Doch nun war es zu spät. Sie hörte von Hartmann noch ein »Was soll das denn –«, doch sie sprach einfach weiter. »Und jetzt wünsche ich Ihnen einen schönen Abend. Ich hab noch etwas vor.«

Damit legte sie auf. Dieser Thalheim-Sommer war wirklich ein Arsch. Und Hartmann machte bei dem ganzen Spielchen auch noch mit.

Kopflos

Er wusste nicht genau, warum er das Suppenhuhn nochmals aus dem Kühlschrank genommen hatte. Aber er hatte es getan, und nun stand er in der Küche und hielt den in Plastik eingeschweißten Kadaver in der Hand.

Die Haut des Hühnchens war fast weiß. Deutlich sah er die kleinen Dellen, in denen vorher die Federn gesteckt hatten. Ob man das auch bei Hühnern Gänsehaut nannte? Und ob das Huhn wohl einmal weiße oder braune Feder gehabt hatte?

Er sah die beiden strammen Schenkel, die zwei Flügelchen und das Loch, wo bis vor kurzem noch der Kopf gewesen war. Ein Kopf mit Augen und einem Schnabel. Mit dem Finger fuhr er die Konturen nach. Hatte er nicht einmal eine Doku gesehen, in der ein Huhn vom Hackklotz entkommen und kopflos über den Hof gerannt war?

Kopflos. Das war er auch im Supermarkt gewesen. Aber er hatte es sich nicht eingebildet. Es war wirklich wahr. Was im Supermarkt passiert war, war wirklich geschehen. Das Suppenhuhn war der Beweis.

Wieder spürte er diese Wärme in sich hochsteigen. In seiner Erinnerung hatte er die Oma mit dem Rollator tatsächlich gepackt und war mit ihr durch die Gänge getanzt. Auch wenn er natürlich wusste, dass es so nicht stattgefunden hatte. Jedenfalls nicht ganz. Oder noch nicht.

Er wusste es tief in sich drin: Jetzt galt es. Top oder Flop.

Alles oder nichts.

Er war bereit dazu.

Noch einmal streichelte er über das eingeschweißte Huhn, das er in normalem Zustand niemals gekauft hätte, und legte es zurück in den Kühlschrank.

Eigenartig, dachte er, dass ein Tier erst tot sein muss, damit ich es mir genauer ansehe.

Ob es wohl ein glückliches Leben gehabt hat?, fragte er sich, um die Frage aber gleich wieder zu verwerfen. Es war ein Suppenhuhn – natürlich nicht! Alles andere wäre naiv. Zumindest war es bio, sagte er sich zu seiner Erleichterung. Acht Euro hatte das Ding gekostet.

Acht Euro für ein ganzes Leben.

Er schluckte. Das setzte ihn unter Druck, wirklich etwas aus diesem Huhn zu machen. Es durfte nicht sein, dass dieser Tod umsonst war. Plötzlich war er sich sicher, dass das Huhn einmal weiße Federn gehabt hatte. Sein Herz fing an zu pochen. Er musste es jetzt durchziehen, koste es, was es wolle.

Der Schmarrn geht weiter

Passend zum Tag hatte sich Linn Kegel eine große Portion Kaiserschmarrn bestellt und dazu einen Klaren, den sie direkt auf ex
trank. Warum auch nicht? Sie hatte heute nichts mehr vor und
wenig Hoffnung, dass der morgige Tag irgendwie besser verlaufen würde. So nachvollziehbar Bettinas Konzept in der Theorie
klingen mochte, Linn sah nur zwei Möglichkeiten: Entweder, die
Uraufführung von *Schwarze Petra* würde mangels Hauptpersonal
abgesagt, oder Presse und Publikum zerfetzten das Stück in der
Luft. Ein negativer Tweet konnte ausreichen und einen Shitstorm
auslösen. Beide Möglichkeiten wären für sie als Autorin verhee-
rend. Vielleicht hätte sie doch am Nachmittag einfach wieder
nach Hause in die Domstadt fahren sollen. Doch das konnte sie
Bettina nicht antun.

Zumindest schmeckte der Kaiserschmarrn. Linn hatte sich
im Café *Eiles* an einen Tisch gesetzt, der problemlos mindestens vier große Mehlspeisen und die dazugehörenden Gäste be-
herbergen konnte. Zudem hatte sie von ihrem Tisch aus einen
hervorragenden Blick auf die üppige goldfarbene Bar, die mitten
im Restaurant stand, und damit auf die Kellner, die ihr poten-
ziell nachschenken konnten. Über der Bar hing ein Fernseher, in
dem tonlos die Sportschau lief. Diese Mischung aus mondänem
Gasthaus, in dem früher mindestens der Kaiser höchstpersönlich
schon einmal abgestiegen war, und ganz ordinärer Bar war einfach clever. Warum übernahm Köln das eigentlich nicht? Ein biss-

chen mehr Gold und Lametta würden auch der Domstadt gut zu Gesicht stehen, um ihr Image aufzupolieren und von den letzten Skandalen abzulenken. Der katholischen Kirche würde das bestimmt auch gefallen. Und den Kölner Karnevalisten ebenso. Zufall, dass sich just diese beiden Netzwerke, die so viel Dreck am Stecken hatten, auch noch im 21. Jahrhundert dagegen sträubten, Frauen in ihre Machtpositionen zu lassen?

Linn schob sich den letzten Bissen Kaiserschmarrn in den Mund und löffelte die Reste des *Zwetschkenröster*, wie das Zwetschgenkompott hier hieß, direkt aus der Servierschale. Stilvoll zu schlemmen hatten die Wiener einfach drauf – egal, ob die Welt unterging. So fand dieser Tag doch noch ein positives Ende. Satt und zufrieden öffnete Linn den obersten Knopf ihrer Jeans und rülpste dezent. Und jetzt würde sie sich noch ein großes Ottakringer gönnen, ein schönes kaltes Bier!

»Herr Ober«, winkte sie einen der Kellner heran und gab ihre Bestellung auf.

Im Fernsehen hatten jetzt die österreichischen Nachrichten begonnen. Nach irgendwelchen Berichten von brennenden Wäldern in Kalifornien und Überschwemmungen in Südostasien war plötzlich die *Festung* zu sehen. Davor stand eine junge Reporterin, die ernst in die Kamera blickte, gefolgt von Bildern, die Linn nur allzu bekannt vorkamen. Offensichtlich eine Handyaufnahme des Kreuzes, wie es über der Bühne hin und her schwang.

Wer zum Kuckuck hatte diese Aufnahmen gemacht und sie an die Presse weitergegeben? Linn ging nach vorne und bat den Barmann, den Ton einzuschalten.

Auf dem Bildschirm sah sie nun sich selbst, wie sie auf der Bühne vor dem Kreuz kauerte und der Puppe die weiße Maske vom Gesicht zog. Als der Ton einsetzte, war wieder die Reporterin im Bild.

»… *Hauptdarstellerin Vero Amstel später wieder auftauchte, erscheint es nach diesem Zwischenfall fraglich, ob die Urauffüh-*

rung von Schwarze Petra *des Autors Linu Kegel morgen in der Wiener Festung stattfinden kann. Aus internen Kreisen heißt es, die Schauspielerin habe die Produktion verlassen. Der Rest ist Schweigen. Und damit zurück ins Studio.«*

»Schiisdräck«, fluchte Linn. Schlimm genug, dass wahrscheinlich die Premiere platzte. Aber dass diese Geschichte auch noch zur besten Sendezeit in den Hauptnachrichten lief, hätte nun wirklich nicht sein müssen.

Wer hatte das gefilmt? War es dieselbe Person, die für das Kreuz verantwortlich war?

Linn schluckte. Das wäre ziemlich krank.

War es denkbar, dass die Theaterleitung selbst die Aufnahmen an die Presse durchgestochen hatte? Aber warum?

Sie wollte gerade an ihren Tisch zurückkehren, wo schon das Ottakringer auf sie wartete. Doch zu ihrer Verwunderung saß dort jemand anderes. Linn konnte die blonde Frau nur von hinten sehen, doch sie war sich sicher: Diese Frau gehörte definitiv nicht an diesen Platz! Oder täuschte sie sich und das war nicht ihr Tisch? Linn kniff die Augen zusammen. Himmel, zwei Klare konnten doch nun wirklich nicht dazu führen, dass sie ihren Tisch nicht mehr fand! Verirrt im Café, wer sollte ihr denn das glauben? Und wenn sich die Blondine vertan hatte? Das frisch gezapfte Ottakringer jedenfalls würde sie nicht kampflos dieser Fremden überlassen.

Als Linn näherkam, stellte sie fast mit Erleichterung fest, dass es sich doch nicht um eine völlig Unbekannte handelte.

»Frau Huhn«, sagte sie. »Ich dachte schon, jemand will mir mein Bier klauen.«

»Keine Angst, ich mag kein Bier«, erwiderte die große Blonde mit der markanten Brille. »An Tagen wie diesen bin ich eher der Typ Gin Tonic. Aber ohne Tonic.« Sie hob das Glas und prostete ihr zu. »Wenn Sie immer noch sauer auf mich sind und es Sie stört, dass ich mich zu Ihnen gesetzt habe, müssen Sie es sagen. Dann gehe ich wieder. Ich halte das aus. Aber ich dachte,

Sie wollen bestimmt über das Video in den Nachrichten sprechen.«

»Sauer bin ich wenn, dann auf Ihren Chef. Sie stören nicht. Aber meine Lust, über das Video zu sprechen, hält sich in Grenzen.«

»Ach, kommen Sie! Sie haben sich doch bestimmt gerade gefragt, wer das Video an die Presse durchgestochen hat. Und da hatten Sie nicht die Theaterleitung im Verdacht? Wirklich nicht? Das würde mich enttäuschen.«

Linn fühlte sich in ihren Gedanken ertappt.

»Oder dachten Sie etwa, dass ich es gewesen bin?«

»Nein«, antwortete Linn wahrheitsgemäß. »An Sie habe ich nicht gedacht. Sie saßen während der Generalprobe mit am Regiepult.«

»Gut beobachtet«, meinte die Dramaturgin anerkennend. »Also?«

»Also ja. Ich habe daran gedacht, dass es die Theaterleitung gewesen sein könnte. Oder derjenige, der sich diese Kreuzigung ausgedacht hat.«

Trina Huhn nahm einen großen Schluck Gin. »Letzteres denkt vielleicht die Krimiautorin in Ihnen. Aber das andere ist die bessere Spur.«

»Ach, ja?«

»Der Intendant war's höchstpersönlich! Er will unbedingt die öffentliche Aufmerksamkeit. Koste es, was es wolle. Aufmerksamkeitsdefizitsyndrom nannte man das früher. Ich sag dazu inzwischen nur noch Arschloch.«

»Waren Sie bei der Pressekonferenz nicht noch ein Herz und eine Seele?«, kommentierte Linn süffisant.

Die große Blonde lächelte müde. »Nur zu! Das habe ich wohl verdient. Mitgefangen, mitgehangen.«

Linn gönnte sich einen großen Schluck Ottakringer. »Ich bin keine Verfechterin der Sippenhaft.«

»Sicher? Ich könnte es Ihnen nicht verübeln.«

Linn schüttelte langsam den Kopf. »Thalheim-Sommer also hat

das Video an die Presse geschickt. Aber wer ist für das Kruzifix verantwortlich? Könnte es Jean-Claude Porter sein?«

»Jean-Claude?«, die Dramaturgin blickte erstaunt von ihrem Glas auf. »Nein, eigentlich kann ich mir das nicht vorstellen.«

»Eigentlich?«

Sie ließ ihren Finger über den Rand ihres Ginglases kreisen. »Ja, eigentlich. Heute Nachmittag ist er mir im Theater über den Weg gelaufen – mit einem bösen blauen Auge.«

Linn stutzte. »Echt? Das ist interessant ... Dann hat ihn jemand verdroschen?«

Trina Huhn schürzte nachdenklich die Lippen und schüttelte den Kopf. »Keine Ahnung. Und da sind wir wieder beim Eigentlich: Eigentlich kann ich mir nicht vorstellen, dass Jean-Claude so dumm ist, eine Konkurrenz-Produktion zu sabotieren. Er ist schon lange am Haus. Es besteht kein Zweifel, dass er wieder auf der Großen Bühne inszenieren wird. Mein Gott, dann macht er seinen Büchner halt mal auf der Studiobühne! Ist doch kein Weltuntergang. Dafür alles aufs Spiel setzen? Kann ich mir nicht vorstellen.«

»Und was, wenn die Premiere morgen wirklich platzt?«

Die Theaterfrau verzog den Mund zu einem bitteren Lächeln. »Dann wird das die große Stunde des Jonathan Thalheim-Sommer! Der werte Herr wird das gesamte Medienkarussell drehen und dafür sorgen, dass er die ganze nächste Woche im Fernsehen rauf und runter zu sehen ist. In den Nachrichten, in den Talkshows, in einer Sondersendung. Als armer Theaterleiter, umgeben von lauter unfähigen Frauen, die ohne ihn leider völlig überfordert sind. Das hat man davon, wenn eine Dramaturgin, eine Regisseurin und eine Autorin ein Stück verantworten! So ist der nämlich drauf. Ich habe es viel zu lange nicht wahrhaben wollen. Und Jean-Claude hätte nächste Woche Premiere auf der Großen Bühne.«

Auch wenn diese Neuigkeiten Linn nicht überraschten, spürte sie, wie der Ärger in ihr hochkochte. »Können Sie sich vorstellen, dass der Intendant Vero Amstel überfallen und das Kruzifix vom Bühnenboden gestoßen hat?«

Trina Huhn strich ihr schwarzes Oberteil glatt und entfernte einige blonde Haare, die sich im Stoff verfangen hatten. Dann schüttelte sie bedächtig den Kopf. »Auch hier würde ich gerne ganz klar nein sagen, aber ich weiß es nicht.« Sie starrte auf ihre Hände. »Wissen Sie, dass Jonathan Thalheim-Sommer eigentlich Sven Meier heißt? Wir sind im selben Kaff in Schleswig-Holstein aufgewachsen. Knapp vor der dänischen Grenze. Seit wir vierzehn sind, sind wir ein Paar. Das muss man sich mal vorstellen! Wir haben dieselbe Schule besucht, sind zusammen nach Klagenfurt zum Studium gegangen, danach nach Paris. Wir wollten beide die Theaterwelt erobern – und zwar zusammen! Und jetzt werde ich nächstes Jahr fünfundvierzig und arbeite nach wie vor als seine Untergebene. Dabei haben wir alle Konzepte und Bewerbungen gemeinsam geschrieben. Auf die Stelle bei der *Festung* haben wir uns sogar als Doppelspitze beworben. Ja, eigentlich wollte er das damals schon nicht mehr, das habe ich durchaus gemerkt. Wir haben das aber durchgezogen und wurden gemeinsam zum Vorstellungsgespräch eingeladen. Aber plötzlich hieß es aus dem Ministerium, dass man sich nur für Herrn Thalheim-Sommer entschieden habe, weil man ihm die Leitung auch allein zutraut. Er könne mich ja als Dramaturgin oder für die Presseabteilung engagieren … Dass sie mir nicht vorgeschlagen haben, Chefgarderobiere zu werden, ist alles.«

»Das ginge auch gar nicht. Den Job will Franz Bankl«, kommentierte Linn trocken.

»Was?«

»Nicht so wichtig. Aber was hat das mit Sven Meier zu tun?«

»Ach, irgendwann im Studium kam er auf die Idee, sich in Jonathan Thalheim-Sommer umzubenennen. Er war der Meinung, dass er als Sven Meier keine Karriere machen könnte. Zu normal.«

»Und Sie?«

»Wie ich?«

»Ist Ihr Name echt? Ich meine, Trina Huhn ist alles andere als gewöhnlich.«

Die Dramaturgin lachte. »Das kann man so sagen. Aber mein Name ist echt. Er ist vielleicht nicht schön, aber es ist mein Name. Das bin ich. Und das bleibe ich auch.«

Sie nahm noch einen Schluck von ihrem Gin und winkte dem Kellner zu. »Noch einen Doppelten! Oder besser: Bringen Sie mir die Flasche, dann müssen Sie nicht immer hin und her laufen. Und bringen Sie noch ein Glas für die Dame!«

»Danke, ich trinke Bier.«

Die Dramaturgin zuckte mit den Schultern. »Das sehen wir dann ja noch. Aber können wir uns duzen?«

»Klar, können wir. Linn.«

»Trina.«

Die beiden prosteten sich zu, Linn mit dem großen Bier, Trina mit dem langstieligen Ginglas.

»Ich wollte immer Intendantin werden. Schon als Schülerin. Hat aber niemand ernst genommen und das ist bis heute so geblieben. Sven hingegen hat alle immer direkt überzeugt. Kein Wunder: Fast zwei Meter groß, kantiges Kinn – so ein Erscheinungsbild verwechseln viele Leute immer noch mit Kompetenz. Und am Theater ist das besonders krass. Manchmal habe ich das Gefühl, alle Bereiche sind fortschrittlicher als die Kultur.«

»So schlimm? Und hast du mal daran gedacht, dich alleine irgendwo zu bewerben?«

»Klar, hab ich. Anfangs habe ich noch gedacht, dass Sven mir dabei helfen würde. Vielleicht sogar seine Kontakte für mich nutzt. Schön blöd, oder? Dabei war es für ihn so viel praktischer. De facto habe ich ihm bei der Theaterleitung geholfen und mich gleichzeitig auch noch um unseren Haushalt gekümmert. Ich bin zu meiner eigenen Mutter mutiert! Aber damit ist endgültig Schluss. Was der sich heute geleistet hat, hat das Fass zum Überlaufen gebracht.«

»Meinst du die Pressekonferenz?«

Trina winkte ab. »Wenn ich dir die Geschichte erzähle, wirst du denken, ich hätte sie erfunden.«

»Versuch's mal. Wenn sie mir gefällt, klau ich sie dir.«

Trina Huhn schürzte erneut die Lippen und nickte zustimmend. »Okay, das klingt nicht schlecht. Also, stell dir vor: Jemand hat unseren Briefkasten mit Tierinnereien vollgestopft.«

Linn hob die Augenbrauen. »Wie charmant.«

»Das kannst du laut sagen. Der werte Herr hat die Schweinerei entdeckt und mich direkt angerufen. Aber nicht allein, um mir das zu erzählen – nein! Um mir mitzuteilen, dass ich mir Handschuhe und Müllsäcke mitbringen soll. Ich. Mir. Mitbringen!«

Linn lachte laut und ungläubig auf. »Ist nicht wahr! Das hat der gebracht?«

»Oh ja! Meinst du, der wäre auch nur eine Sekunde auf die Idee gekommen, die Sauerei selbst wegzumachen?«

»Ich würde ihn hochkant vor die Tür setzen.«

Trina nickte. »Da sagst du was! Und das Schlimme: So war der schon immer. Ich hab's nur nicht sehen wollen – fast genau wie in deinem Stück. Da braucht Eva ja auch ewig, bis sie ihren Sklavenstatus erkennt. Ich habe sogar mir selber die Schuld an dieser miesen Behandlung gegeben! Aber das war's jetzt. Soll er doch ein Reinigungsinstitut heiraten, wenn das alles ist, was ich für ihn bin.«

Sie hat *fast wie in deinem Stück* gesagt, dachte Linn nicht ohne Stolz.

»Intendantin wäre zweifellos der bessere Job.«

Trina zog die Schultern hoch. »Wusstest du, dass gerade mal knapp über ein Fünftel aller Theater von Frauen geleitet werden? Und da sind die Kinder- und Jugendbühnen schon mit drin. Ich bewerbe mich von vornherein auf ein viel kleineres Stück vom Kuchen. Und Bewerbungen von Frauen werden doppelt und dreifach kritisch geprüft. Nach dem Sprichwort: Was der Bauer nicht kennt, frisst er nicht ... Ich finde das nicht in Ordnung.«

»Ist es auch nicht. Und leider hilft dir da auch kein männliches Pseudonym weiter. Wobei es eigentlich lustig wäre: Du bewirbst dich als, sagen wir mal, Tino Hahn, und beim Vorstellungsgespräch packst du direkt zu Beginn einen Dildo auf den Tisch und sagst: ›Damit diese Frage gleich geklärt wäre: Hier ist mein Penis, ihr könnt mich also wie einen Mann behandeln …!‹«

Beide mussten bei dieser Vorstellung lachen.

»Wirklich eine nette Idee«, lobte Trina. »Nur schade, dass das so in der Realität nicht funktioniert.«

»Ja, aus einer Frau einen Mann zu machen, ist offensichtlich schwieriger als umgekehrt. Es sei denn, du bist eine Autorin.«

»Ach, du meinst wegen Linu? Offen gesagt, war das Svens Idee. Dass jetzt sogar die Nachrichten den Namen aufgegriffen haben, wird ihn tierisch freuen. Ich sehe ihn förmlich vor mir, wie er vor der Glotze sitzt und sich die Hände reibt. Ich fand das von Anfang an daneben. Auch die Idee mit diesem Schweden, der als Projektionsfläche auftauchen sollte.«

»Der Typ bei der Pressekonferenz?«, hakte Linn aufgeregt nach. »Wusste ich es doch!«

»Du glaubst gar nicht, was Sven dem Jungen dafür bezahlt! Dafür muss ein Franz Bankl drei Monate lang arbeiten.«

»Dieser Arsch! Also hatte ich die ganze Zeit recht.«

»Aber mach dir keine Sorgen. Sollte die Premiere morgen stattfinden – und ich hoffe sehr, dass Bettina das hinkriegt –, werde ich das klarstellen. Schließlich war es meine Idee, dass du ein Stück schreibst. Ich habe dich sozusagen für die Bühne entdeckt! Dein Erfolg ist auch meiner. Und den lasse ich mir nicht mehr länger kaputtmachen.«

Linn kratze sich verlegen am Nacken. »Wenn's denn ein Erfolg wird. Bettinas Ansatz ist, ähm, etwas anders als gedacht.«

»Klingt wie meine Jobbeschreibung: Etwas anders als gedacht.«

»Sieht so aus, als müsste Bettina uns beide retten.«

Trinas Blick schweifte kurz durch den Raum und richtete sich dann verschwörerisch auf ihr Gegenüber. »Ein bisschen können wir auch selbst tun, meine Liebe. Svens Plan mit dem Pseudo-Autor werde ich ihm gründlich zersäbeln. Der wird sich noch wundern!«

»Ich weiß zwar nicht, was du genau im Schilde führst, aber es gefällt mir. Darauf lass uns anstoßen!«

»Hoch die Gläser! Rache anstatt Depri-Stimmung! Morgen werde ich Sveniboy zeigen, was eine Harke ist«, rief Trina und schob Linn augenzwinkernd das zweite Ginglas zu.

Dieser Logik konnte Linn folgen. Es gab wirklich keinen Grund für sie, heute nüchtern zu bleiben. Und Trina Huhn gefiel ihr immer besser.

»Auf Wien – und alles, was es für uns noch bereithält!«

»Auf Wien – und den Weg hinaus auf die Bühnen dieser Welt!«

Full House

Eine fremde Hand lag auf Linns Gesicht, als sie von wildem Geklingel geweckt wurde. Jemand klingelte Sturm. Langsam erinnerte sie sich. Ach ja, Bettina wollte noch kommen.

Benommen schob Linn die Hand weg und tapste zur Tür. Ihr Kopf dröhnte. Trina und sie hatten doch tatsächlich noch fast die ganze Flasche Gin geleert, bevor sie schließlich mit merklich Schlagseite das *Eiles* verlassen hatten. Trina hatte noch mehr geschwankt als sie, und das sollte etwas heißen. Da sie ohnehin nicht in ihre Wohnung in der Gonzagagasse zurückwollte, hatte Linn beschlossen, dass ihre neue Kneipenbekanntschaft ebenfalls bei Bettina übernachten konnte. Wobei sie sich über die Praktikabilität nicht den Kopf zerbrochen hatte. Ein Bett, drei ausgewachsene Frauen – wird schon passen.

»Wie spät ist es denn?«, nuschelte sie Bettina entgegen, als diese ihre Einzimmerwohnung betrat.

»Kurz nach zwei. Was ist denn hier passiert?«

»Wieso?« Schlaftrunken warf Linn einen Blick in den Raum.

Bettinas bisheriges Chaos hatten Linn und Trina zur Vollendung gebracht. Jetzt lagen die Klamotten und Schuhe von drei Personen wild auf dem Boden zerstreut.

»Frag nicht«, winkte Linn ab. »Leg dich einfach dazu und schlaf.«

»Tach, Betti«, klang es lahm unter der Decke hervor, »gute Nacht, Betti …« Dann war Trina wieder weggedämmert.

»Ich muss nicht wirklich wissen, was Trina und du gemeinsam in meinem Bett macht, oder?«

»Nö. Komm schlafen. Findet denn die Premiere morgen statt?«, fragte Linn gähnend, während sie sich bereits wieder in die Kissen fallen ließ. Die Antwort kriegte sie schon nicht mehr mit. Wie dumm. Es hätte sie wirklich interessiert. Dumpf dachte sie noch daran, dass sie den Exzess am nächsten Morgen mit einem massiven Kater würde bezahlen müssen. Und trotzdem genoss sie den Rausch gerade. Es erinnerte sie an ihre Studienzeit, wo sie ab und zu abgestürzt war. Seit sie nachts Bücher schrieb, hatte das abrupt aufgehört. Wie eigentlich ihr ganzes soziales Leben. Wann war sie denn das letzte Mal so hemmungslos in einer Bar gewesen und hatte spontan mit einer fast Unbekannten eine Flasche Irgendwas getrunken?

Beim Einschlafen sah sie vor sich, wie sie kichernd aus dem *Eiles* gestolpert waren. Hatte sie sich das eingebildet oder waren sie dabei mit Vero Amstel zusammengestoßen, die an der Ecke mit jemandem wild rumgeknutscht hatte? Wann hatte sie selbst eigentlich das letzte Mal hemmungslos herumgeknutscht? Dann waren Linns Gedanken endgültig ins Land der Träume abgebogen.

Auch Bettina beschloss offenbar, nicht weiter über die unerwartete Lage in ihrem Bett nachzudenken. Nach diesem Tag war auch sie fix und fertig. Sie zog nur Schuhe und Hose aus, rollte Linn ein Stück beiseite und schob sich ebenfalls unter die Decke.

Wenige Sekunden darauf waren alle in tiefem Schlaf versunken.

Existenzialistinnenfrühstück

Als Linn am nächsten Morgen aufwachte, war das Bett leer und auf dem Nachttischchen fand sie ein Wasserglas mit einer Aspirin. Daneben ein Zettel: *Wir sind schon mal weg. Sehen uns heute Abend im Theater.*

Die Aspirin hatte sie nötig. Ihr brummte gehörig der Schädel.

In der Küchenzeile standen Kaffeepulver, Butter und Honig bereit, und Bettina hatte für sie sogar zwei Scheiben Toast auf einen Teller gelegt. Entweder war dies in einem Anfall von Nettigkeit geschehen – oder aber ihre Gastgeberin wollte verhindern, dass Linn sich auf der Suche nach etwas Essbarem durch ihre Schränke wühlte. In jedem Fall nahm die Verkaterte das Angebot gerne an. Doch erst stand eine lange heiße Dusche an. Es war schließlich erst halb elf, wie die digitale Anzeige am Backofen verriet. Dass Bettina jetzt schon wieder im Theater war, wies darauf hin, dass die Premiere heute stattfinden würde. Es blieben noch neuneinhalb Stunden. Dann würde sich der Vorhang heben – und was wäre dann? Linn spürte wieder eine Woge der Nervosität.

Das Wichtigste war, dass bis dahin kein weiterer Anschlag geschah. Hoffentlich passte Bettina gut auf sich auf! Und auf die anderen auch.

Linn stellte sich unter die Dusche und dachte an den gestrigen Tag, während das warme Wasser über ihren Körper lief.

Wem war es zuzutrauen, erst die Hauptdarstellerin niederzu-

137

schlagen und in einen Schrank zu sperren und dann auch noch eine Puppe zu präparieren, sodass sie aussah wie Vero Amstel? Würde der Intendant so etwas wirklich machen? Dass eine Protagonistin am Tag vor der Uraufführung ausstieg, war eigentlich der Todesstoß für jede Produktion. Mit Zweitbesetzungen arbeitete man beim Schauspiel nicht. Und dass Vero Amstel aussteigen würde, war abzusehen gewesen: Die gekreuzigte Figur war eine unmissverständliche Drohung. Aber wenn es tatsächlich Thalheim-Sommer gewesen war – warum hatte er dann so beharrlich auf die Durchführung der Premiere bestanden? Um von sich als Täter abzulenken? Aber würde die mediale Aufmerksamkeit den Reputationsschaden wettmachen? Und was hatten die Innereien in seinem Briefkasten zu bedeuten? Konnte es sein, dass sie vom selben Täter stammten wie die Würstchen um den Hals der Gekreuzigten? Dann wäre der Intendant raus. Oder ging es bei den Schlachtabfällen um etwas ganz anderes und es war reiner Zufall, dass alles am selben Tag passiert war?

Wenn sie das alles bedachte, sprach doch mehr für den Mann mit dem Käppi als Täter. Trina hatte es gestern selbst gesagt: Würde die Premiere von *Schwarze Petra* platzen, würde Jean-Claude Porter seinen Büchner wieder auf der Großen Bühne inszenieren können. Aber wäre er damit nicht für alle verdächtig?

Auf der anderen Seite war auch Peppi Walzenhuber während der Generalprobe nicht im Zuschauerraum gewesen. Der Schönling hätte Vero Amstel ebenfalls überfallen und das Kreuz von der Zugstange stürzen können. Und was war mit Franz Bankl von der Pforte? Den hatte sie im Zuschauerraum gesehen – aber war sie sich sicher, dass er nicht nochmals rausgegangen war? Was hatten sie alle für Motive? Geltungssucht? Neid?

Warum überhaupt Vero Amstel? Warum nicht Roseanne oder Tarkan, Bettina – oder sie selbst? Linn griff nach dem Shampoo und begann, sich die Haare einzuschäumen.

Daran hatte sie noch überhaupt nicht gedacht: Was wäre, wenn es darum ging, Bettina oder sie zu treffen? Eine Premiere, die einen Tag vorher vor die Wand fährt, vergisst die Theaterszene nicht so schnell. Was, wenn das Kruzifix eine gezielte Attacke gegen einen möglichen Erfolg war? Wenn es also nur darum ging, der Autorin oder der Regisseurin zu schaden. Vielleicht auch beiden zugleich?!

Linn schüttelte den Kopf. Der Misserfolg würde das gesamte Ensemble treffen. Sie konnte sich das beim besten Willen nicht vorstellen.

Blieb noch die Theorie, dass es doch um Veros Hautfarbe ging. Aber der Gedanke mit der Aktivistengruppe, die mit einer solchen Aktion gegen Rassismus protestierte, führte zu nichts. Das Kruzifix musste vorbereitet worden sein. Gut, die Puppen lagen noch vom *Sommernachtstraum* auf der Hinterbühne rum und ein Kreuz war nicht allzu schwer zusammenzuhämmern. Aber das kostete alles Zeit und verlangte Insiderwissen.

Es musste definitiv jemand aus dem Theater sein.

Also doch irgendwer aus dem Ensemble? Roseanne hatte zugegeben, sich am Morgen mit dem Opfer gestritten zu haben. Sie war sauer, weil Vero die Hauptrolle spielte. Und Tarkan wollte lieber die Rolle des Hamlet. Vielleicht bekäme er diese doch noch von Jean-Claude Porter, wenn er ihm zur Großen Bühne verhalf? Und Hoshi? Vielleicht hatte auch sie ein Geheimnis. Aber reichte das als Grund für eine solche Aktion?

Zudem war das Ensemble zum Zeitpunkt, als das Kruzifix vom Bühnenboden fiel, komplett auf der Bühne. Linn hatte sie alle gesehen. Alle bis auf Vero. Vor allem aber: Wenn jemand aus dem Ensemble Vero Amstel vertreiben wollte, wäre doch ein früherer Zeitpunkt, noch während der ersten Probenphase, viel sinnvoller gewesen. Einen Tag vor der gemeinsamen Premiere nützte das nichts mehr. Und normalerweise riskierten Schauspieler auch nicht ihre eigenen Auftrittsmöglichkeiten.

Das machte alles keinen Sinn!

Linn spülte sich den Schaum aus den Haaren. Ihre Gedanken ratterten, so gut es ihr Kater zuließ.

So viel Aufwand, um ein Stück zu verhindern, dachte sie. Gab es das schon mal irgendwo?

Wenn es aber gar nicht um das Stück ging?

Linn stellte sich mit dem Gesicht unter die Brause.

Was, wenn sich der Anschlag tatsächlich nur gegen eine Person richtete? Gegen Vero Amstel?

Linn dachte an letzte Nacht. Sie war zwar sehr betrunken gewesen, doch sie war sich sicher, dass sie Vero vor dem *Eiles* gesehen hatte, knutschend mit einem Mann. Und irgendetwas war ihr an dem Mann aufgefallen, sie konnte sich nur nicht mehr erinnern, was es war. Der Restalkohol schien genau diese Gehirnzelle immer noch lahmzulegen – und ein paar andere auch.

Sie brauchte dringend einen Kaffee.

Während sie ihn durchlaufen ließ, zog Linn sich an und rubbelte sich die Haare mit einem Handtuch trocken.

Sie schmierte sich die Toastbrote und setzte sich mit einer großen Tasse Kaffee an den Tisch vor der Küchenzeile.

Angestrengt versuchte sie, sich die Szenerie von gestern nochmals in Erinnerung zu rufen. Trina und sie hatten das *Eiles* verlassen und den Weg zu Bettinas Wohnung eingeschlagen. An der nächsten Ecke in Richtung Josefstraße hatte eng umschlungen ein Pärchen gestanden. Sie erinnerte sich noch an die langen hellblonden Haare der Frau und dass ihr Franz Bankl in seinem Ledermini in den Sinn gekommen war. Erst beim Vorbeigehen hatte sie realisiert, dass es sich bei der Frau um Vero Amstel handelte. Doch nur der Mann hatte sie während der Knutscherei gesehen. Er hatte einmal hochgeschaut, ihre Blicke hatten sich getroffen.

Nun erinnerte sie sich wieder. Sie sah die Augen vor sich.

Diese Augen … Irgendetwas war mit diesen Augen.

Linn ließ das Honigmesser fallen. Scheppernd fiel es auf den Teller.

Sie musste sofort ins Theater!

Wiedersehen

Als Linn eine Viertelstunde später die Pforte der *Festung* erreichte, staunte sie nicht schlecht, einen sichtbar gut gelaunten Franz Bankl vorzufinden. Wie am Tag zuvor saß er in seiner Pförtnerloge. Doch statt der Latzhose trug er heute ein wild gemustertes Hemd zu schwarzer Hose. Seine Halbglatze glänzte etwas.

»Guten Morgen, liebe Frau Kegel«, trällerte er ihr fröhlich entgegen. »Wie geht es Ihnen?«

»Verkatert. Aber Sie sind immerhin gut drauf.«

Der Pförtner lächelte. »Ja, das bin ich!«

»Schön für Sie«, erwiderte Linn und wollte weiter.

»Ich habe darüber nachgedacht, was Sie gestern gesagt haben«, rief Bankl ihr nach.

Gebremst wandte sie sich ihm wieder zu. »Was habe ich denn gesagt?«

»Na, gestern. In der Garderobe. Sie haben gesagt, dass ich mich als Mann mehr trauen soll. Und jetzt schauen Sie mal!« Der dickliche Pförtner sah sie stolz an, als er etwas unbeholfen ein Bein nach oben streckte. Er trug knallrote Lackschuhe.

»Scharf, oder? Habe ich mir gestern nach der Arbeit in der Stadt gekauft. Meine Frau findet die Schuhe zwar etwas schrill, aber ich habe ihr gesagt, dass sie sich nun daran gewöhnen muss. Ich bin halt eher der extravagante Typ.«

Linn nickte betont anerkennend. »Gut gemacht, lieber Herr Bankl. Weiter so! Jetzt muss ich aber los.«

Sie wollte sich schon in Bewegung setzen, als ihr noch etwas in den Sinn kam. »Sagen Sie mal: Sind Sie eigentlich sicher, dass gestern außer mir niemand Fremdes das Theater über die Pforte betreten hat? Ein Bekannter, zum Beispiel vom Intendanten oder von Jean-Claude Porter?«

Der Pförtner dachte angestrengt nach und blätterte auch noch in seinem Besucherbuch.

Dafür, dass die *Festung* eines der modernsten Häuser Europas sein will, läuft hier noch alles reichlich analog, dachte Linn.

»Nein, gestern waren keine anderen Leute hier. Die Pressemenschen haben das Foyer über den Haupteingang betreten. Mit denen hatte ich nichts zu tun.«

»Dann war niemand sonst hier? Auch keine Verwandten?« Linn konnte sich den Hinweis auf die Verwandtschaft nicht verkneifen, wo er sie doch für Bettinas Cousine gehalten hatte.

Erneut warf Bankl einen konzentrierten Blick in seine Aufzeichnungen. »Nein, gar niemand. Außer …«

»Ja?«

»Da war dieser ausländische Schauspieler, Matti Johannson. Mit dem hat sich der Chef in den letzten Tagen mehrfach getroffen. Normalerweise hat er aber vor der Pforte auf Herrn Thalheim-Sommer gewartet. Gestern kam er etwa zwanzig Minuten nach der Pressekonferenz zum ersten Mal hier rein. Nützt Ihnen das was? Hat er etwas mit dem Überfall auf die Frau Amstel zu tun?«

»Ich weiß es nicht, lieber Herr Bankl. Aber Sie haben mir sehr geholfen. Bis später!«

Erneut lächelte der Pförtner stolz. »Problemlösekompetenz!«

»Wie bitte?«

»Das nennt man Problemlösekompetenz. Sie wollen etwas wissen, ich helfe Ihnen!«

»Danke«, erwiderte Linn etwas irritiert. »Ich muss jetzt aber weiter.«

»Aber passen Sie auf sich auf! Frau Heidenreich hat die Losung ausgegeben, dass sich niemand allein im Theater bewegen soll.« Er zögerte. »Auch wenn ich hier eigentlich den Bühneneingang bewache: Soll ich Sie vielleicht lieber begleiten?«

»Ach, was soll mir schon passieren. Linn Kegel existiert hier offiziell ja gar nicht.«

»Das verstehe ich nicht.«

»Egal, Herr Bankl. Ich pass schon auf mich auf – und Sie auf sich.«

Damit schlug sie den Weg zu den Garderoben im ersten Stock ein.

Matti Johannson hieß der Schönling also. Na schau einer an. Aber wenn er gestern früh zum ersten Mal überhaupt hinter der Bühne war, mochte er vielleicht Vero überfallen haben – der Urheber der Kruzifix-Installation konnte er dennoch nicht sein. Dazu hätte ihm die Zeit und die Ortskenntnis gefehlt. Nein. Das musste jemand getan haben, der sich seit Jahren hier bewegte und auskannte. Oder konnte es sein, dass sie es mit zwei Tätern zu tun hatten? Einem, der Vero niederschlug und in den Schrank sperrte, und einem weiteren, der sich um das Kreuz kümmerte?

Im Treppenhaus kam ihr der Intendant entgegen, dessen Gesichtsfarbe deutlich ins Rote wechselte, als er Linn erkannte. Überhaupt sah auch er ziemlich übernächtigt aus.

»Sie …! Sie …!«

»Auch Ihnen einen guten Morgen, Herr Thalheim-Sommer.«

»Sie kommen mir gerade recht!«, fuhr er sie an. »Was fällt Ihnen eigentlich ein?«

Was zum Geier hatte dieser Typ denn jetzt schon wieder? »Weil ich mich nicht an die neue Sicherheitsmaßnahme halte? Nett, dass Sie sich Sorgen machen, aber ich kann schon allein auf mich aufpassen«, erwiderte sie salopp.

Sie wollte weiter, doch der Hüne versperrte ihr den Weg.

»Nichts da. So einfach kommen Sie mir nicht davon.«

Linn zog die Brauen hoch. »Von was davon? Lassen Sie mich durch!«

Thalheim-Sommer beugte sich zu ihr runter, sodass sich sein Gesicht nun direkt vor ihrem befand. »Sie haben meinen Briefkasten mit Schweinedarm vollgestopft. Ich weiß es genau!«

Linn starrte ihn einen Moment sprachlos an, dann lachte sie laut auf. »Sie spinnen ja! Ich weiß noch nicht mal, wo Sie und Trina wohnen.«

Das Gesicht des Intendanten verfinsterte sich. »Aha! Sie wissen also, dass wir zusammenwohnen! Und Sie nennen sie Trina! Jetzt wird mir alles klar! Daher weht der Wind. Sie haben sich zusammengetan und gegen mich verschworen. Hat sie Ihnen etwa von Bauer Jansen erzählt?«

»Ich habe keine Ahnung, wer das nun wieder sein soll.«

»Sie …! Sie …!«

»Da waren wir doch schon«, konterte Linn genervt. Was fiel diesem Typen eigentlich ein? »Mit Ihrem Briefkasten habe ich jedenfalls nichts zu tun.«

Der Hüne sah sie wütend an. »Seit Sie hier sind, stiften Sie Unruhe. Auf der Pressekonferenz, in der Kantine, bei der Generalprobe – und jetzt das! Wo war Trina letzte Nacht?«

»Ach, ist Ihnen sogar aufgefallen, dass sie nicht zu Hause war? Haben Sie die Sauerei etwa selbst beseitigen müssen? Kam Trina diesmal nicht, um hinter Ihnen herzuputzen?«

Dieser Tiefschlag musste einfach sein. Doch nun konnte Linn förmlich spüren, wie Thalheim-Sommers Wut in Aggression umschlug.

»Was soll das heißen?«, fauchte der Hüne. »Was hat Trina erzählt?«

Instinktiv trat sie einen Schritt zurück.

»Lieber Herr Thalheim-Sommer – oder soll ich lieber Meier sagen? Was wird das hier? Wollen Sie mich mitten im Treppenhaus eines staatlichen Theaters verprügeln? Was würde wohl das Kultusministerium dazu sagen? Ich kann Trina nur beglückwünschen, dass sie Ihnen endlich den Laufpass gibt.«

Linn überlegte kurz, ob sie ihm noch einen verbalen Schlag

verpassen sollte, und entschied sich dafür. Der Typ hatte es nicht anders verdient. Ohne dabei lügen zu müssen, sagte sie: »Wenn Sie es genau wissen wollen – wir haben die letzte Nacht zusammen verbracht.«

Um den Mund des Intendanten herum zuckte es. »Sie verfluchte Lesben-Bitch!« Wütend schlug er mit der Hand gegen die Wand.

»Na, na, Herr Thalheim-Sommer-Meier. Ein bisschen mehr Professionalität bitte. Und jetzt lassen Sie mich durch. Wir sehen uns bei der Premiere. Einen schönen Tag noch!«

Damit tauchte Linn unter seinem Arm hindurch und entschlüpfte in den Garderobenflur im ersten Stock. Als die Tür hinter ihr ins Schloss fiel, lehnte sie sich einen Moment dagegen. Ihr war leicht schwindelig und ihr Herz klopfte bis zum Hals. Allein durch seine Körpergröße hatte der Kerl etwas Einschüchterndes – mit ihrem verkaterten Kopf hatte sie gleich einen doppelten Nachteil.

Hoffentlich hatte Trina wirklich eine durchschlagende Idee, wie sie diesem Ekelpaket eine reinwürgen konnten.

Bilderrätsel

In Vero Amstels Garderobe war alles so, wie sie es am Vortag hinterlassen hatte. Auf dem Tisch lagen noch immer diverse Schminkutensilien, ihre Bürste und der Plüschhase. Linn lehnte sich weit vor, damit sie sich die Fotos genauer ansehen konnte. Verdammt, so langsam ging es wirklich Richtung Brille.

Auf einigen Fotos war Vero in unterschiedlichen Bühnenkostümen zu sehen. Ein Bild zeigte sie sogar als Mann. Die *Festung* musste eine echt gute Maske haben. Nase und Kiefer waren breiter geschminkt, zudem war sogar ein Ansatz von Bartwuchs zu sehen.

Linn fiel auf, wie hell Veros Gesicht war, wenn sie sich nicht schminkte. Und nicht nur die Haare waren weißblond, ihre Wimpern und ihre Augenbrauen waren nahezu farblos. Fast wie bei einem Albino, dachte Linn und musste grinsen. Das wäre ja eine Pointe: Vero Amstel wird überfallen, weil sie als einzige Weiße diese Hauptrolle spielt – und dann stellt sich heraus, dass sie selbst schwarz ist, was man jedoch aufgrund einer Pigmentstörung nicht sehen kann.

»Ach, *Chegel*, merk es dir für einen Krimi«, murmelte Linn und schüttelte über diese abstruse Idee den Kopf.

Auf einigen Fotos sah die Schauspielerin weit älter aus. Vero Amstel war erstaunlich wandelbar. Linn hatte sie bislang auf ungefähr Mitte dreißig geschätzt. Auf diesen Fotos aber lag sie deutlich darüber. Oder konnte es sein, dass Vero bereits ein Lifting hinter sich hatte?

Auch ein privates Bild war unter den Fotos: Die Schauspielerin war darauf eng umschlungen mit einem gutaussehenden, etwa fünfzigjährigen Mann mit kantigem Gesicht und einer deutlichen Stirnwulst zu sehen. Beide strahlten in die Kamera und machten einen sehr glücklichen Eindruck.

Linns Gefühl hatte sie nicht getäuscht. Das war der Mann, mit dem Vero gestern Nacht vor dem *Eiles* rumgeknutscht hatte – da war sie sich sicher! Und nicht nur das: Er war die Verbindung zum Täter.

In diesem Moment klingelte Linns Handy.

Bitte nicht schon wieder Hartmann, dachte sie.

Doch auf dem Display war eine österreichische Nummer zu sehen. »Göttin sei Dank!«

»*Chegel*«, meldete sie sich. Vielleicht gab es ja zur Abwechslung mal etwas Erfreuliches?

»Trina hier. Wie geht's deinem Kopf? Also ich bin schon bei Aspirin Nummer drei.«

»Dafür hörst du dich aber ganz schön fit an«, sagte Linn anerkennend.

»Sagen wir mal so, der Abend gestern hat dazu geführt, dass ich mich heute um ein paar Dinge kümmere«, sagte die Dramaturgin motiviert.

»Das klingt ja geheimnisvoll. Ich bin übrigens gerade mit deinem Ex zusammengestoßen. Der ist ganz schön sauer. Er hat mir vorgeworfen, für die Fleischabfälle in eurem Briefkasten verantwortlich zu sein. Und er wurde richtig aggressiv, als er geschnallt hat, dass du mir von der Sache erzählt hast.«

»Ist nicht wahr? Na, der kann was erleben!«, schnaubte Trina.

»Aha. Und was?«

»Das bleibt noch mein Geheimnis. Ich wollte dir jedenfalls sagen, dass die *Festung* heute Abend zur Feier des Theaterneustarts nach der Pandemie einen roten Teppich für die Presse plant. Alle werden da sein: Fernsehen, Boulevard, Fachzeitschriften. Und du auch. Ich habe eine Überraschung für dich. Und für Sven.«

Trina Huhn lachte fies, als sie ihren Ex erwähnte.

»Ich stehe ja überhaupt nicht auf Überraschungen. Kannst du mir zumindest einen Tipp geben?«

Linn hörte, wie die Dramaturgin am anderen Ende der Leitung gespielt nachdachte. »Mmmmmh, vielleicht einen kleinen«, sagte sie schließlich. »Du wirst nicht allein über den roten Teppich gehen.«

»Was …?!«

»Keine Nachfragen, liebe Autorin! Lass dich einfach überraschen. Also, komm um sieben in die *Festung*. Es ist wichtig.«

»Ich gebe mein Bestes«, seufzte Linn.

»Und was machst du bis dahin?«

Linns Blick wanderte wieder zu dem Foto des glücklichen Paares. »Ich löse gerade das Rätsel um das Kruzifix.«

»Du machst was?!«

»Ich muss wissen, was passiert ist. Und ich habe ja sonst nichts zu tun.«

Trina stöhnte laut auf. »Pass bloß auf dich auf. Nicht, dass du am Ende noch selbst irgendwo am Kreuz hängst. Wo bist du denn gerade?«

»Im Theater.«

»Und das sagst du erst jetzt?!«

Linn löste die Fotos vom Spiegel und steckte auch den Stoffhasen und Veros übrige Sachen ein.

»Nicht mehr lange. Ich muss gleich jemanden besuchen.«

Tea Time

Die Fahrt zur U-Bahn-Station Gumpendorfer Straße dauerte trotz zweimaligem Umsteigen nur eine knappe halbe Stunde. Von dort musste Linn allerdings noch ein ganzes Stück zu Fuß gehen, bis sie die Seitenstraße erreicht hatte, in der Vero Amstel wohnte.

Franz Bankl hatte Linn die Adresse erst nicht geben wollen. Doch als sie ihn an seine Problemlösekompetenz erinnerte, schob er ihr nach kurzem Zögern verstohlen einen Zettel zu.

»Weil Sie es sind. Und weil mir meine Schuhe so gut gefallen.« Sie hatte ihm gedankt und sich auf den Weg gemacht.

Das Haus, in dem Vero Amstel wohnte, war keine Schönheit, ein Massivbau aus den 1950er Jahren.

Schon wenige Augenblicke nach dem Klingeln öffnete die Schauspielerin die Tür. Sie trug eine Trainingshose und ein lässiges Shirt. Die langen hellblonden Haare waren zu einem schnellen Dutt hochgebunden.

»Linn Kegel«, sagte sie erstaunt. »Mit dir habe ich ja überhaupt nicht gerechnet.«

»Mit wem denn sonst?«

Veros blasse Wangen bekamen etwas Farbe. »Eigentlich rechne ich seit gestern schon mit dem Intendanten. Dass der einfach so schluckt, dass ich seine Premiere crashe, überrascht mich. Sei's drum. Du kannst reinkommen, aber bei mir sieht es wüst aus.«

Sie trat einen Schritt zur Seite und gab der unerwarteten Besucherin den Blick in ihre Wohnung frei. Diese war das pure Chaos:

Schubladen waren aufgerissen, überall lagen Sachen auf dem Boden. Dagegen war die Wohnung von Bettina ein Musterbeispiel an Ordnungsliebe.

Das hatte Linn nicht erwartet.

»Oh Gott, hat jemand bei dir eingebrochen?«, fragte sie aufgeregt. »Ist etwas geklaut worden? Das hat bestimmt mit dem Überfall auf dich zu tun!«

Die Schauspielerin lachte laut auf. »Unsinn, nein! Ich ziehe um. Ich bin gerade am Ausmisten und Packen. Wir können uns aber in die Küche setzen. Willst du einen Tee?«

»Tee wäre prima«, erwiderte Linn perplex. »Und eine Aspirin, wenn du hast.«

Vero Amstel musterte sie spöttisch. »Ist wohl spät geworden, gestern.«

»Spät war nicht das Problem.«

»Alles klar.«

Wie Bettina wohnte auch Vero Amstel in einer Ein-Zimmer-Wohnung. Doch im Gegensatz zu der in der Zeltstraße hatte die von Vero eine separate Küche. Und im Gegensatz zum Zimmer befand sich diese in einem durchaus ordentlichen Zustand.

Die Schauspielerin startete den Wasserkocher und stellte zwei Tassen bereit.

»Fenchel oder Brennnessel?«

»Bitte?«

»Die Teesorte. Möchtest du lieber Fenchel- oder Brennnesseltee?«

»Keine Ahnung. Wozu passt Aspirin besser?«

Vero dachte einen Moment nach. »Weißt du was, du kriegst einen Kamillentee. Soll auch gegen Kater helfen. Hat jedenfalls meine Mutter immer gesagt.« Sie nahm zwei Teebeutel aus unterschiedlichen Dosen und hängte sie in die Tassen.

»Ich habe dich gestern Nacht gesehen«, lenkte Linn zum Anlass ihres Besuchs über, »das heißt, ich habe euch gesehen. Ihr standet in der Nähe vom Rathaus, an der Ecke vom *Eiles*.«

Vero Amstel stutzte. »Das kann sein. Mein Freund und ich waren gestern noch feiern.«

»Feiern? Am selben Tag, an dem dich jemand bewusstlos geschlagen hat?«

Die Schauspielerin zuckte mit den Schultern. »Man muss die Feste feiern, wie sie fallen. Den Vorfall von gestern habe ich bereits vergessen. Die Beule ist auch schon fast weg.«

Das Wasser sprudelte.

»Na, hör mal: Du hast die Premiere geschmissen! Du hast eine Hauptrolle aufgegeben. Das kannst du doch nicht einfach so vergessen!«

Vero nahm den Wasserkocher und goss den Tee auf. In einer Schublade voller kleiner Schächtelchen fand sie eine Aspirin und legte sie auf den Küchentisch.

»Setz dich«, sagte sie, wies auf einen der beiden Holzstühle und stellte die beiden dampfenden Tassen auf den Tisch. »Wir müssen nicht die ganze Zeit rumstehen. Offen gesagt, habe ich schon länger mit dem Gedanken gespielt, die Schauspielerei aufzugeben. Ich habe das viele Jahre erfolgreich gemacht. Jetzt ist Zeit für etwas Neues.«

»Moment mal. Du sagst mir gerade, dass du die Schauspielerei an den Nagel hängen willst? Warum das denn? Von Bettina habe ich gehört, dass du richtig gut bist.«

Vero nickte. »Danke, ja, das stimmt. Aber jetzt sind andere Dinge wichtiger. Ich hatte zwar nicht vor, das heute schon bekanntzugeben, aber sei's drum: Mein Freund hat mich gestern gefragt, ob ich ihn heiraten will, und ich habe ja gesagt. Darum bin ich auch am Packen. Ich ziehe zu ihm.«

Sie streckte Linn ihre Hand entgegen. Am Ringfinger funkelte ein stattlicher Brillant. Doch Linn hatte weniger Augen für den Ring als für Veros Hände. Diese sahen deutlich älter aus als ihr Gesicht. Und waren erstaunlich groß.

»Verstehe ich nicht. Es soll ja Leute geben, die heiraten und trotzdem weiterarbeiten. Oder willst du ab jetzt die Wohnung putzen und das Abendessen kochen? Nimm's mir nicht übel, aber für eine Vierlingsschwangerschaft bist du wahrscheinlich auch zu alt.«

»Ah, ich sehe schon, du hast mich durchschaut«, grinste die Schauspielerin. »Aber das spielt keine Rolle. Es ist der ganze Ärger am Theater, auf den ich gut verzichten kann. Beruflich kann ich auch etwas anderes machen. Vielleicht steige ich in den Autohandel ein. Wer weiß? Ich bin flexibel.«

Linn wurde hellhörig. »Es gab oft Ärger? Mit wem? Etwa mit Jean-Claude?«

In den Augen der Blondine blitzte es. Nach kurzem Zögern sagte sie: »Warum bist du zu mir gekommen, Linn Kegel? Du bist doch nicht zufällig in der Gegend. Was genau willst du von mir?«

»Ich will wissen, was bei der Generalprobe passiert ist.«

»Um dich geht es hier aber nicht. Also lass deine Rumschnüffelei. Das geht dich alles nichts an. Und es wäre besser, auch du vergisst den Vorfall von gestern.«

Da haben wir's, dachte Linn. Vero Amstel wusste weit mehr, als sie sagte.

»Natürlich geht es mich etwas an. Es ist mein Stück, das auf der Kippe steht! Was gestern passiert ist, ist nicht irgendeine Lappalie, bei der man so tun kann, als ob sie nie stattgefunden hätte. Wir haben es alle gesehen. Es lief sogar in den Nachrichten!«

Vero Amstel verdrehte die Augen. »Da kam eine Puppe von der Decke, verdammt noch mal, kein Mensch! Und die Sache mit dem Schrank: Da hat sich jemand einen Spaß erlaubt. Kein Grund, hier mit der Kavallerie anzurücken. Mach mal eine Pause, Linn! Schau dir Wien an, geh ins Museum, mach eine Fiakerfahrt! Aber lass mich in Ruhe.«

Linn schüttelte den Kopf. Es musste ihr gelingen, diese Schauspielerin irgendwie aus der Reserve zu locken.

»Wusstest du, dass Jean-Claude gestern verprügelt worden ist?«

»Echt? Das tut mir aber leid.« Vero pustete in ihre Tasse und nippte vorsichtig am Tee. Linn starrte auf die fast weißen Wimpern. Hatte sie ein Zucken wahrgenommen? Das gespielte Mitgefühl glaubte sie ihr keine Sekunde lang.

»Tut es dir wirklich leid? Oder hattest du vielleicht selbst etwas damit zu tun?«

»Du machst Witze. Was hältst du von mir? Dann wäre ich ja genauso ...«

»Genauso was? Genauso wie er?«, beharrte Linn. Sie griff energisch nach ihrer Handtasche, holte den Plüschhasen, die Schminkutensilien und die Fotos heraus und knallte alles vor Vero Amstel auf den Tisch. »Ich habe dir aus dem Theater etwas mitgebracht. Ich dachte, vielleicht möchtest du das wiederhaben.«

Das Pärchen-Foto lag zuoberst auf dem Stapel.

»Oh ja, mein Glücksbringer, das ist nett. Und mein Lieblingsfoto von Sebastian und mir. Das will ich als großen Abzug auch in unser Schlafzimmer hängen. Von unserem ersten Urlaub, letzten Sommer auf Malta. Es war ein Traumurlaub.«

»Hör auf mit den Spielchen, Vero. Ich glaube, ich weiß, wer dich gestern niedergeschlagen hat. Und ich bin mir sehr sicher, dass du es auch weißt und du deshalb die Premiere geschmissen hast.«

»Interessant«, kommentierte ihr Gegenüber ungerührt. »Zucker?«

»Was?«

»In den Kamillentee. Du hast ihn noch gar nicht probiert. Möchtest du Zucker?«

Obwohl Linn Tee normalerweise nur mit extra viel Zucker trank – sie war Kaffeetrinkerin und hatte mit dieser Kräuteraufbrüherei nicht viel am Hut –, verneinte sie im Reflex. Schon nach dem ersten Schluck Kamillentee bereute sie das sehr. Dieses Gebräu sollte gegen Kater helfen? Da wünschte man sich doch glatt den Kater zurück!

»In welchem Verhältnis stehen dein Freund und Jean-Claude eigentlich? Es sind nicht zufällig Brüder?«

Die Schauspielerin seufzte. »Es ist wirklich besser, wenn du jetzt gehst. Du kannst den Tee auch gerne mitnehmen. Sebastian hat zum Glück noch alle Tassen im Schrank.«

»Sehr witzig.«

Doch Linn machte keine Anstalten, sich von ihrem Platz zu bewegen. »Wenn ich raten müsste, würde ich auf Brüder tippen. Diese Augenpartie mit dieser Denkerstirn – die Ähnlichkeit ist frappant. Liege ich richtig?«

»Hör auf, Linn. Es geht dich nichts an.«

»Also sind es Brüder. Erst dachte ich ja, Jean-Claude hat dich niedergeschlagen, um *Schwarze Petra* zu sabotieren. Aus Eifersucht, weil Bettina mit ihrer Produktion die Große Bühne bekommen hat. Aber das ist gar nicht so, nicht wahr? Ihm ging es darum, dich zu vertreiben. Aus dem Theater, aus seinem Leben.« Ein Blick auf Vero verriet ihr, dass sie auf der richtigen Spur war. »Und aus dem Leben seines Bruders.«

Plötzlich begann die Schauspielerin, ihre Hände zu kneten.

»Stimmt doch, oder?«, hakte Linn nach.

Vero schlug mit der Faust gegen die Tischplatte, dass es knallte.

»Das könnte ihm so passen! Das wird nie passieren. Sebastian und ich werden heiraten. Vielleicht werden wir auch wegziehen, keine Ahnung. Wir sind frei. Und Jean-Claude kann bleiben, wo der Pfeffer wächst.«

»Also stimmt es? Er hat dich niedergeschlagen?«

Das Gesicht der Schauspielerin veränderte sich merklich. Unter der blassen Fassade kochte die Wut.

»Natürlich war er es«, stieß sie hervor. »Er muss es gewesen sein. Alle Hinweise deuten darauf hin.«

Linn stutzte. »Von welchen Hinweisen sprichst du?«

Vero Amstels Blick wurde stechend.

»Du hast die Puppe auf der Bühne und die Fotos in meiner Garderobe gesehen, Linn Kegel. Nun zähl eins und eins zusammen. Auf dieses Pferd helfe ich dir nicht. Das musst du schon selbst schaffen. Ich muss mir seinen Hass jedenfalls nicht länger Tag für Tag antun.«

»Dann hat er also genau das erreicht, was er erreichen wollte.«

»Und wenn schon. Soll er doch denken, dass er gewonnen hat. Das hat er nicht. Und wenn alles nach Plan läuft, hat er das soeben auch erfahren.«

Picknick im Park

Nach ihrem Tee bei Vero Amstel war Linn zurück in Richtung *Festung* gefahren. Sie wollte nachdenken. Und etwas essen. Also hatte sie sich ein Sandwich geholt und wollte sich gerade ein schönes Plätzchen im Park suchen, als sie Peppi Walzenhuber auf einer Bank sitzen sah. Auch die ehemalige Garderobiere sah sie kommen und winkte sie gewohnt aufgedreht zu sich heran. Sie hatte ein gehäkeltes Deckchen neben sich liegen und darauf ein erstaunlich reichhaltiges Picknick ausgebreitet. Linn entdeckte Brot, gekochte Eier, Oliven, Käsewürfel, Selleriestangen, Möhrchen- und Paprikasticks und eine Flasche Weißwein.

Von ihrer Bank aus hatte Peppi Walzenhuber einen hervorragenden Blick auf die *Festung*.

»Hallo, Frau Walzenhuber«, begrüßte Linn sie. »Sie haben ja einen Platz in der ersten Reihe!«

»Natürlich! So schnell wird mich das Theater nicht los. Egal, was im Kleingedruckten steht! Wollen Sie ein Häppchen? Ich hätte auch noch ein Glas Wein für Sie.«

»Bloß keinen Alkohol. Ich hatte deswegen heute schon Kamillentee. Aber beim Picknick bin ich dabei. Mein Sandwich kann da nicht mithalten.«

»Bitte, bedienen Sie sich.«

Linn setzte sich und schob sich einen Käsewürfel in den Mund. »Haben Sie den Schock von gestern schon etwas verdaut?«

Die Garderobiere schüttelte vehement den Kopf. »Dreißig

Jahre habe ich dort drüben gearbeitet«, mit dem Kinn wies sie auf die andere Straßenseite. »Und dieser Trampel schmeißt mich so mir nix, dir nix raus. Das kann man nicht so leicht verdauen. Mit der Frau Huhn an der Spitze wäre das niemals passiert.«

»Vielleicht kann sie noch etwas für Sie tun.«

»Wer's glaubt, wird selig. Wen der Intendant auf dem Kieker hat, den lässt er so schnell nicht wieder aus den Fängen. Meine Nachbarin ist Anwältin, der habe ich gestern direkt meinen Vertrag gezeigt. Die sagte, keine Chance. Ich hätte einfach besser darauf achten müssen, was ich unterschreibe. Ich bin offiziell ja schon seit drei Jahren pensioniert.«

»Das tut mir leid.«

»Pustekuchen! Das Leben geht weiter! Wie läuft's bei Ihnen? Klappen die Proben?«

»Bettina tut alles, um die Premiere zu retten. Ich weiß nicht, wie sie das machen will, aber seit gestern probt sie sozusagen durch. Und ich bin dabei, denjenigen zu finden, dem wir dieses ganze Schlamassel zu verdanken haben.«

»Ach, Sie sind auf dem Weg zu Jean-Claude?«

Linn starrte sie erstaunt an. »Woher wissen Sie das?«

Peppi Walzenhuber grinste stolz. »Logik!« Erst auf Linns eindringlichen Blick hin ergänzte sie: »Der Schlüssel. Gestern Abend im Bett ist es mir wieder eingefallen. Der Einzige, der mir den Schlüssel zur Kammer hat wegnehmen können, war Jean-Claude Porter. Als ich gestern das Bügelbrett rausgeholt und in die große Garderobe gebracht habe, ist er mir schon auffallend gutgelaunt im Flur entgegengekommen.«

»Gut gelaunt?«, fragte Linn. »Ich habe ihn kurz vorher noch in der Kantine gesehen, wo er grimmig vor seinem Frühstück saß.«

»Offensichtlich hat etwas seine Stimmung gehoben«, erwiderte die Garderobiere. »Als er mir entgegenkam, hat er jedenfalls einen Walzer gesummt! Er hat das Brett weggestellt, mich umfasst und einfach so ein paar Takte mit mir getanzt. Ich wusste gar nicht, was das soll. Bei Betriebsfeiern haben wir schon ein paar Mal zusammen getanzt, aber noch nie mitten im Flur. Ich habe noch gesagt: ›Was, hier?‹ Er hat aber nur gelacht und gemeint: ›Natürlich hier! Wo denn sonst?‹ Dabei muss er mir den Schlüssel aus der Schürzentasche geklaut haben. So nah ist mir gestern sonst niemand gekommen. Leider.«

Interessant, dachte Linn. Irgendetwas musste zwischen Rührei und Walzer passiert sein, dass sich seine Laune so grundlegend verändert hatte. Der Entschluss zur Tat vielleicht?

»Ich weiß nicht, ob das für die Polizei als Indiz ausreichen würde«, sagte sie und griff nach einem Möhrchen-Stick. »Das eigentliche Opfer wird nicht aussagen.«

Peppi Walzenhuber sah sie neugierig an. »Warum will denn die Vero partout nichts sagen? Nur weil sie etwas mit Jean-Claudes Bruder hat?«

Linn hätte sich fast an ihrem Möhrchen verschluckt. »Sagen Sie mal, Frau Walzenhuber: Gibt es eigentlich etwas, das Sie nicht bereits wissen?«

Die aufgekratzte Garderobiere nahm sich ebenfalls einen Käsewürfel. »Das war jetzt aber wirklich kein Kunststück, so ähnlich wie sich die Brüder sehen. Haben Sie sich nie das Foto in Veros Garderobe angeschaut? Das unter dem Bild ihrer Vergangenheit?«

»Ihrer Vergangenheit?«, fragte Linn nach. »Was soll das heißen?«

»Na, hören Sie, wer von uns ist denn die Krimiautorin?«

»Wenn Sie wollen, stelle ich gern einen Kontakt zu meinem Verleger für Sie her. Sie haben offensichtlich Talent.«

Die Walzenhuberin legte ihren Kopf schief. »Wer weiß, vielleicht komme ich darauf zurück. Ich habe ja jetzt Zeit.«

»Also zurück zur Frage: Was ist mit der Vergangenheit?«

Die Garderobiere beugte sich verschwörerisch zu Linn und flüsterte mit Käse-Atem: »Ist Ihnen nicht aufgefallen, dass unsere Vero sehr jung aussieht? Also im Gesicht? Sie hatte schon mehrere Schönheitsoperationen. Sieht aber alles ziemlich natürlich aus. Und wenn ich alles sage, meine ich auch alles. Bevor ich Vero kennengelernt habe, hätte ich nie gedacht, dass so etwas möglich sein könnte. Aber gut, sie hat mir erzählt, dass sie einige zehntausend Euro investiert und nur die Besten rangelassen hat.«

»So viel?« Linn hatte keine Ahnung von Schönheits-OPs und knabberte versonnen an einem Stück Paprika herum.

»Das ist relativ«, kaute Peppi zurück, die sich gerade über ein gekochtes Ei hermachte. »Es gab ja auch viel zu tun.«

»Und woher hatte sie das Geld?« Linn griff mutig nach einer Selleriestange und tauchte sie tief in den Frischkäse.

»Keine Ahnung. Eltern, Liebhaber, Erspartes, Kredit ... Sehen Sie, es gibt durchaus Dinge, die ich nicht weiß. Und jetzt?«

»Jetzt spreche ich mit Jean-Claude Porter. Mal schauen, wo ich ihn finde.«

Die Garderobiere lächelte ein wissendes Lächeln. »Das kann ich Ihnen sagen. Vor einer Viertelstunde ist er nämlich auch hier lang gekommen und rüber gegangen ins Theater.«

»Hat er etwa auch mit Ihnen gepicknickt?«

Die Walzenhuberin lächelte stolz. »Na, aber freilich. Darum mache ich das hier doch. Ich will schließlich auch weiterhin an meine Informationen kommen. Das ist schließlich die Aufgabe einer Garderobiere. Heute Nachmittag probt er auf der Studiobühne. Für ihn sind es auch nur noch ein paar Tage bis zu seiner Premiere. Und er ärgert sich furchtbar über die Umbesetzung.«

»Die Umbesetzung in *Schwarze Petra*? Warum das denn?«

»Nein, nein. Die Umbesetzung in *Leonce und Lena*. Er muss wohl kurzfristig diesen schwedischen Gastschauspieler unterbringen, den der Intendant angeschleppt hat.«

»Das ist ja interessant. Wie kommt's?«

»Das hat er mir nicht erzählt. Nur dass er den Schauspieler, der den Valerio spielen sollte, gestern rausschmeißen musste. Aber fragen Sie ihn doch einfach. Der erzählt Ihnen das bestimmt.«

»Da wäre ich nicht so sicher. Und was machen Sie?«

»Ich picknicke und schaue auf die *Festung*. Früher oder später kommen Sie alle hier vorbei.«

»Gut so. Und Kopf hoch!«

»Danke. Und Ihnen wünsche ich auch Kopf hoch – beziehungsweise, dass Ihr Kopf weiterhin dranbleibt.«

»Das will ich doch sehr hoffen, ich brauche ihn nämlich noch.« Linn schnappte sich ihre Sachen und ein letztes Möhrchen für den Weg. »Ach, haben Sie eigentlich dem Intendanten gestern Fleischabfälle in den Briefkasten gestopft?«

Die alte Garderobiere sah sie belustigt an. »Nein, da bin ich nicht draufgekommen. Ist aber eine schöne Idee. Ich merk sie mir für das nächste Mal.«

»Tun Sie das!«, sagte Linn und wandte sich der *Festung* zu.

Konfrontationskurs

Jean-Claude Porter hatte sich mit einem Kaffee auf die Bühne des Studios gesetzt. Vorsichtig befühlte er sein geschwollenes Auge. Ihr Schlag war ganz schön hart gewesen. Hätte er bei einer Frau so nie erwartet. Roseanne hatte echt Glück gehabt, dass er nicht zurückgeschlagen hatte. Das lag nur daran, dass sie sich seit so vielen Jahren kannten und auch mal eine Affäre gehabt hatten. Aber ein weiteres Mal würde er sich das nicht bieten lassen. Und wäre das heute passiert, er hätte für nichts garantieren können. Er war so wütend.

Am Nachmittag war Durchlaufprobe, sie hatten noch sechs Tage bis zur Premiere. Und ausgerechnet jetzt musste er den Valerio – Leonces Sidekick – austauschen. Da war es auch kein Trost, dass die Heidenreich bei ihrer Produktion die Hauptrolle viel kurzfristiger neu besetzen musste.

Seine Probleme lagen ihm ohnehin näher.

Dieser blöde Schwede!

Es war doch alles gelaufen wie geplant. Während der Generalprobe hatten sich alle auf ihre Arbeit konzentriert. Dass er, Jean-Claude, ebenfalls hinter der Bühne war, war niemandem aufgefallen. Niemand hatte ihn beachtet. Genauso lief das vor Aufführungen oder wichtigen Proben: Du könntest nackt herumlaufen und niemandem würde es auffallen, weil alle mit sich beschäftigt sind. Und so hatte auch niemand auf ihn geachtet, als er das Kruzifix hinuntergestoßen und sich dann schnell durch den

Gang hinter der Inspizientenloge in den Zuschauerraum verzogen hatte. Hatte er zumindest gedacht.

Vorbereitet hatte er die Puppe bereits in der Nacht, nachdem die Techniker ihre Einstellungen für die Generalprobe längst gemacht und nochmals überprüft hatten. Danach war klar, dass keiner mehr etwas im Schnürboden zu suchen hatte. Und er konnte seinen Plan professionell vorbereiten. Das hier war schließlich nicht irgendein Theater, sondern die *Festung*. Und er hatte seine Ansprüche. Wenn er sich schon zu einer solchen Aktion hinreißen ließ, sollte sie zumindest einen gewissen Standard erfüllen. Und Vero hatte er eine reelle letzte Chance gegeben. Er fand das durchaus fair. Er hätte alles kurzfristig abblasen können – es wäre niemandem aufgefallen. Aber Amstel wollte partout nicht von seinem Bruder lassen, das hatte sie ihm beim Frühstück in der Kantine so vor den Latz geknallt. Und dann latschte ausgerechnet dieser Schwede, den Jonathan als Autor engagiert hatte, hinter der Bühne rum. Sowieso eine blöde Idee, das mit dem Autoren-Fake. Und jetzt hatte sie auch noch Folgen für seinen Büchner.

Der Typ hatte ihn gesehen. Und er hatte verstanden. Nicht dumm, das Bürschlein, das musste er ihm lassen. Als die große Suche nach Vero Amstel begann, war er auf ihn zugekommen und hatte in seinem schwedischen Singsang gesäuselt, es täte ihm leid, dass er mit dem Ensemble für *Leonce und Lena* nicht zufrieden sei.

»Warum sollte ich mit meinem Ensemble nicht zufrieden sein?«, hatte Jean-Claude irritiert geantwortet.

Da hatte ihn der Schwede durchdringend aus seinen geschminkten Augen angeschaut. »Sie geben mir eine Rolle oder ich erzähle allen, wer hinter dem Kreuz steckt.«

Und nun hatte er den Salat. Und Amstel war immer noch da. Wie eine Schuppenflechte. Was er auch tat: Vero blieb und machte sich weiter breit.

Verdammter Sebastian mit seinem Wolkenkuckucksheim!

Und jetzt wollte er Vero auch noch heiraten! Warum konnte sein Bruder nicht ein Mal auf ihn hören?

Der Kaffee war inzwischen kalt geworden. Egal. Trank er ihn eben so.

»Dachte ich mir doch, dass ich dich hier finde«, sagte Linn Kegel, als sie den Zuschauerraum der Studiobühne betreten hatte und den Mann mit dem Käppi dort sitzen sah.

»Linn, willkommen«, begrüßte Porter sie erstaunt. »Schon nervös wegen heute Abend?«

Sie zuckte mit den Schultern. »Mein Part ist erledigt. Jetzt sind andere dran.«

»Das klingt, als könntest du Dinge gut aus der Hand geben. Respekt. Das können nicht viele Autoren.«

Wenn du wüsstest, dachte Linn.

»Was verschafft mir denn die Ehre?«

»Ich habe ein paar Fragen an dich.«

»An mich? Und dann gleich ein paar? Das scheint ja was Wichtiges zu sein.«

»Wem verdankst du dein blaues Auge?«

»Du bist extra zu mir gekommen, um dich nach meinem Auge zu erkundigen?«

»Hat es etwas mit Vero zu tun?«

»Mit Vero? Nein, die habe ich seit der Aufregung gestern nicht mehr gesehen. Das Auge verdanke ich Roseanne, wenn du es genau wissen willst.«

Mit dieser Antwort hatte Linn nicht gerechnet. »Roseanne? Warum das denn?«

»Da musst du sie schon selbst fragen. Ich muss jetzt meine Probe vorbereiten. Deine Fragen sind ja geklärt.« Er machte Anstalten, aufzustehen.

Linn beschloss, alles auf eine Karte zu setzen. »Ich weiß, dass du es warst, der Vero Amstel gestern überfallen hat. Und du bist auch für das Kruzifix verantwortlich.«

»Ach ja?« Porter sah sie erstaunt an. »Bin ich das?«

»Ja, das bist du. Und du kannst dir deine Ausreden sparen. Was ich nicht verstehe, ist, warum du es getan hast.«

Der Käppiträger zuckte demonstrativ mit den Schultern. »Eine Handlung ohne Motiv? Vielleicht ist es ja genau das: *l'art pour l'art.*«

»Ganz so ist es nicht. Ich weiß, dass du Vero Angst machen wolltest. Und ich weiß, dass sie mit deinem Bruder liiert ist und die beiden heiraten wollen.«

Der Regisseur blies die Backen auf. »Heiraten. Pah! Dass ich nicht lache. Das ist mal wieder eine typische Schnapsidee von ihm.«

»Kann dein Bruder das nicht selbst entscheiden? Musstest du seine Zukünftige deshalb niederschlagen, knebeln und fesseln? Begrüßt ihr in eurer Familie so die neuen Mitglieder?«

Porter nahm sein Käppi ab und fuhr sich über die raspelkurzen Haare. »Halt dich da raus, Linn Kegel!«

»Du bist schon der Zweite heute, der mir das sagt. Aber ehrlich gesagt, ist mir das egal. Ich lasse dich damit nicht durchkommen. Hast du das gemacht, weil sie vorgibt, jünger zu sein, als sie ist? Ist es das? Ein Fall von Altersdiskriminierung?«

Der Regisseur schüttelte belustigt den Kopf. »Nicht den Hauch einer Ahnung hast du. Mein Bruder kann von mir aus eine Achtzigjährige heiraten, wenn er will.«

»Tatsächlich? So jovial du auch tun magst, mich täuschst du nicht. Wer weiß, was dir als nächstes einfällt, wenn dir irgendetwas nicht passt.«

»Du solltest mich lieber nicht provozieren. Lass dich von meinem blauen Auge nicht täuschen.« Der drohende Ton in Porters Stimme war nicht zu überhören. Sie war also auf der richtigen Spur.

»Warum das Kreuz, Jean-Claude? Für welche Schuld hast du Vero ans Kreuz geschlagen?«

»Lächerlich! Hör auf mit deinen Anschuldigungen und geh!«

Doch Linn dachte gar nicht daran. »Was passiert, wenn ich nicht gehe? Was ist die Steigerung? Ein kleiner Femizid?«

Mit einem Satz war Jean-Claude Porter auf sie zugesprungen und hatte seine Hände um ihre Kehle gelegt. »Das könnte mir durchaus in den Sinn kommen, wenn du hier nicht sehr schnell verschwindest und mit deiner verfluchten Fragerei aufhörst!«

Linn war wie paralysiert. Sie hatte damit gerechnet, dass er schreien und toben würde, aber nicht, dass er handgreiflich werden könnte. Sie durfte Männer nicht immer unterschätzen.

Schreien gelang nicht, aus ihrer Kehle kamen nur gepresste Geräusche. Mit aller Kraft versuchte sie, ihn wegzustoßen und mit ihrem Knie seine Weichteile zu erwischen. Doch er wich geschickt aus und sein Griff blieb hart. Sie spürte, wie er langsam zudrückte.

Verdammt nochmal, dachte Linn. Das bringt er doch nicht im Ernst! Ein Mord mitten in einem Theater, finanziert von Steuermitteln! Sie bekam keine Luft.

»Du lässt sie sofort los, Jean-Claude!«, ertönte plötzlich eine Stimme, die sie nur allzu gut kannte.

»Sofort, habe ich gesagt!«, wiederholte Bettina Heidenreich ihre Aufforderung. Und der Ton ließ keinen Zweifel, dass sie es verdammt ernst meinte.

»Schon gut, schon gut«, versuchte Jean-Claude zu beschwichtigen. Er löste seine Hände von Linns Kehle. »Ist doch nichts passiert. Wir haben uns nur ein bisschen unterhalten.«

Linn hustete und griff sich an den Hals. »Ein bisschen unterhalten nennst du das? Unterhältst du dich immer so mit hartnäckigen Frauen? Vielleicht auch mit Vero?«

Porter machte erneut einen aggressiven Schritt auf sie zu. »Halte endlich deine blöde Fresse!«

»He, he! Es reicht! Was hat Vero dir getan?«, rief Bettina und ging mit der gesamten Wucht ihres Körpers dazwischen. Überrascht wich Jean-Claude zurück.

»Sie existiert!«, fauchte er wie ein verletztes Tier. »Das ist

Grund genug. Und die da …«, Porter wies wütend mit dem Kopf auf Linn, »die ist auch so eine. Haut doch einfach alle ab! Haut ab und lasst mich in Ruhe! Verschwindet aus meinem Leben!«

»Weißt du, was? Ich rufe jetzt die Polizei.« Bettina zückte ihre Handy. »Die wird sich dann um alles Weitere kümmern.«

Es war, als hätte sie dem Regisseur einen Eimer Eiswasser über den Kopf geschüttet.

»Die Polizei? Das geht nicht!«

»Und wie das geht«, sagte Linn. »Das wirst du gleich sehen!«

»Und du setzt dich brav hin, so dass wir dich sehen können«, wies Bettina ihn an. »Denk nicht mal daran, zu verduften. Sonst lasse ich mich einfach auf dich drauffallen. Und glaub mir, das willst du nicht.«

»Aber ich habe nächste Woche Premiere!«

»Und wir heute Abend.«

Fragen über Fragen

Die Polizei war erstaunlich schnell vor Ort und hatte den immer noch mit seiner Premiere argumentierenden Jean-Claude Porter mitgenommen. Kaum waren sie weg, ließen Linn und Bettina sich auf zwei Zuschauerplätze in der Studiobühne fallen und saßen eine Weile sprachlos nebeneinander. Dann brach Linn das Schweigen.

»Dein Timing eben war herausragend. Ich war selten so froh, dich zu sehen«, brach Linn das Eis. »Wie bist du darauf gekommen, dass ich hier bin und Hilfe brauche?«

»Brauchst du nicht immer meine Hilfe?«, antwortete die Barocke lakonisch. »Im Ernst: Peppi Walzenhuber hat mich angerufen und mir erzählt, dass du auf der Suche nach Jean-Claude bist. Es kam ihr dann wohl doch etwas riskant vor, dich allein zu ihm gehen zu lassen. Zum Glück war gerade Probenpause und ich hatte mein Handy an.«

»Was für ein Glück!«

»Meinst du, der hätte echt zugedrückt?«

»Ich bekam kaum noch Luft. Mehr muss ich nicht herausfinden. Der Typ hat ein ausgewachsenes Aggressionsproblem.«

»Aber warum das alles? Ich verstehe es nicht.«

Linn zog die Schultern hoch. »Er wollte Vero Amstel vertreiben. Sie ist mit seinem Bruder zusammen.«

»Aha«, erwiderte Bettina. »Das ist alles?«

»Keine Ahnung. Über das Warum schweigen sich alle aus.

›Weil sie existiert‹, hat er gesagt. Was auch immer das heißen mag.«

»Na toll.«

»Ich habe heute Vero besucht. Auch sie sagt kein Wort. Das macht mich wahnsinnig! Wenn ich schon einen Täter überführe, will ich zumindest wissen, warum etwas geschehen ist. Es sind noch ganz viele Fragen offen: Warum das Kreuz? Warum die Würstchen und die blutigen Füße? Warum schüchterte es Vero so ein, dass sie alles hinschmeißt? Das muss man doch auflösen und erklären! Das muss doch eine Bedeutung haben! Bei einem Krimi könnte ich mir das nie leisten, so eine Handlung einfach unaufgeklärt stehen zu lassen – das macht doch die Leserinnen und Leser ganz verrückt. Da muss der Täter doch erzählen, was er sich bei alldem gedacht hat! ›Weil sie existiert‹ – das wäre in einem Buch ein Offenbarungseid!«

»Wir sind aber keine Handlung in einem Buch. Die Realität folgt keiner Dramaturgie. Da bleiben manchmal Fragen offen, wenn alle Betroffenen schweigen.«

Linn zog ihren rechten Mundwinkel nach oben. Die Situation stank ihr gewaltig.

»Wie geht es denn jetzt bei der Polizei weiter?«, fragte Bettina schließlich. »So ganz praktisch, meine ich.«

»Was meinst du?«

»Den Ablauf bei einem solchen Verfahren. Was passiert da? Als Krimiautorin musst du das wissen, Frau Bestseller.«

Frau Bestseller seufzte. »Die Polizei wird seine Personalien aufnehmen und ihn dann nach Hause schicken. Ich fahre gleich ins Präsidium und mache meine Aussage. Das gibt mindestens eine Anzeige wegen Körperverletzung.«

»Körperverletzung? Nur? Für mich sah das eher wie versuchter Mord aus!«

Linn schluckte. Was wäre passiert, wenn Bettina nicht rechtzeitig gekommen wäre? Sie konnte nicht ausschließen, dass Porter sie wirklich umgebracht hätte.

»Jedenfalls erzähle ich der Polizei auch, was gestern im Theater passiert ist und dass ich glaube, dass er es war. Dann wird die Polizei mögliche Zeugen befragen, also auch dich. Wenn Porter keine Vorstrafen hat, kriegt er am Ende vielleicht ein paar Monate auf Bewährung. That's it.«

»Auch das läuft im Fernsehen immer irgendwie dramatischer ab.«

Linn nickte. »Das reale Leben ist eben eher bürokratisch als dramatisch. Und wie läuft's eigentlich mit den Proben?«

»Das wirst du in« – Bettina warf einen Blick auf ihre Armbanduhr – »vier Stunden selbst sehen.«

Showtime!

Als Linn Kegel um kurz nach sieben an der Pförtnerloge erschien, wurde sie von Franz Bankl direkt in das Dramaturginnenbüro geschickt, wo Trina Huhn bereits auf sie wartete. Sie trug ein spektakuläres rückenfreies weißes Abendkleid.

»Wow!«, lobte Linn.

»Nicht wahr? Ich fand, die Zeit der schwarzen Klamotten ist vorbei. Jetzt wird geklotzt, nicht mehr gekleckert. Und die beiden hier«, sie schüttelte demonstrativ ihren Busen, »wollen auch mal wieder in die Welt.«

Und Trina Huhn war nicht allein im Büro. In der bequemen Sofa-Ecke saß der mysteriöse Schönling von der Pressekonferenz.

Linn holte schon Luft, da schnitt ihr Trina das Wort ab. »Bevor du zu meckern anfängst, das ist Matti Johannson, Schauspieler aus Malmö. Er wird heute die unglaublich attraktive Begleitung der Autorin Linn Kegel spielen. Gut, nicht wahr? Wird alles von Svens Gage bezahlt, hihi. Vor der Presse werde ich euch als Paar anmoderieren. Damit ist dir Berichterstattung sicher. Du musst einen überzeugenden Job machen, Matti, verstanden? Himmle sie an, was das Zeug hält. Sie ist mindestens Kristen Stewart für dich.«

»Verstanden, Chefin«, sagte der Schwede und gab Linn die Hand, begleitet von einem feurigen Blick. »Freut mich sehr.«

»Schon ziemlich gut!«, lobte Trina. »Dein Feuer kann aber

gerne noch von einer Etage tiefer kommen. Das soll richtig sexy aussehen.«

»Krieg ich hin«, sagte Matti Johannson optimistisch.

»Das ist ja nett von euch. Aber warum brauche ich denn einen Begleiter? Ich komme auch gut allein klar.«

»Keine Frage, Linn Kegel. Aber für die Presse macht dich ein Loverboy gleich noch viel interessanter – zumal, wenn er zehn Jahre jünger ist als du. Glaub mir, die Zeitungen werden voll davon sein.«

»Das verstehe ich nicht. Die berichten, nur weil ich einen Mann bei mir habe?«

Trina lachte. »Quatsch! Weil du so einen Mann hast! Schau ihn dir doch mal an. Matti sieht aus wie der junge David Bowie.«

Der Schwede war in der Tat unanständig gutaussehend. Das musste Linn zugeben. Wie schon bei der Pressekonferenz hatte er seine Augen schwarz geschminkt und die Wangenknochen betont. Aber diesmal trug er seine schwarzen Haare nicht streng zurückgegelt, sondern merklich antoupiert. Und das blau glänzende Sakko saß auch nicht direkt auf der nackten Haut, sondern über einem weißen Hemd, das jedoch bis unter die Brust aufgeknöpft war und die Sicht freigab auf perfekt geformte Bauchmuskeln.

Nicht ablenken lassen!, dachte Linn Kegel. Bleib fokussiert!

»Aber die Leute sollen sich für mein Stück interessieren, nicht für meine Person oder meine Begleitung.«

Trina lachte laut auf. »Jetzt bist du schon so lange in diesem Geschäft und hast es immer noch nicht kapiert? Es geht doch überhaupt nicht um dich, sondern um eine Inszenierung von dir. Früher waren es die alten Männer, die zu solchen Veranstaltungen mit ihren zwanzigjährigen Trophäenfrauen antanzten. Wir drehen den Spieß einfach um. Dein Image bekommt damit Sexappeal – und dafür gibt es in der Öffentlichkeit Respekt. So einfach ist das. Außerdem ist es nur fair, dass auch Matti noch zu einem Auftritt kommt. So schäbig, wie er von Sven behandelt worden ist.«

»Ich dachte«, wandte sich Linn an den Schönen, »du spielst nächste Woche bei *Leonce und Lena* mit.«

»Das stimmt«, antwortete er mit einem skandinavischen Akzent, den Linn hinreißend fand. »Aber nur als Zeremonienmeister.«

»Nicht als Valerio?«

»Nein. Den spielt Tarkan Keller, der eigentlich Zeremonienmeister sein sollte. Jean-Claude fand den Valerio für mich nicht passend.«

»Ach so?« Diese Info erstaunte Linn. Da hatte Tarkan ja ganz schön viel zu tun. »Trotzdem: Wenn Matti neben mir steht, wird doch kein Schwein mehr auf mich achten.«

Die Dramaturgin lächelte geheimnisvoll. »Da hast du allerdings recht. Und darum jetzt zu dir.« Sie musterte Linn vom Kopf bis zu den Füßen. »Ich habe bereits befürchtet, dass du dich noch nicht einmal für die Uraufführung deines ersten Stückes aufbrezeln würdest.«

»Hey«, protestierte Linn. »Ich bin aufgebrezelt! Das ist meine beste Jeans und das Sweatshirt hatte ich beim letzten Buchcover-Shooting an. Und meine Haare habe ich heute morgen auch gewaschen.«

»Ja, nett, Linn, nett. Aber das hier ist der Spielzeitauftakt in Wien, die erste wirkliche Premiere seit zwei Jahren. Und dein Begleiter ist eine Sahneschnitte. Ich habe darum etwas für dich vorbereitet.« Sie stand auf und nahm einen mit schwarz-glitzernden Pailletten besetzten, weich fallenden Hosenanzug mit passendem Top aus dem Schrank.

»Ist der geil oder ist der geil?«, fragte Trina rhetorisch.

»Nicht schlecht«, musste Linn zugeben.

»Und das Beste: Der passt auch zu deinen hellen Sneaker. Ich würde mich ja nie trauen, dir auch noch Highheels aufzudrücken. So ist das zusammen voll hipp. Los, zieh dich um.«

»Wie? Hier?«

»Mein Gott! Eine eigene Garderobe konnten wir für dich leider nicht auch noch aufbauen. Hose runter, Shirt aus und rein ins Vergnügen!«

Während Linn tat, wie ihr geheißen, ging die Dramaturgin zur Tür und rief in den Flur: »Konstanze! Du kannst jetzt für die Maske kommen. Sie ist soweit!«

Wenige Augenblicke darauf erschien auch schon eine Maskenbildnerin mit ihrem Schminkwagen.

»Ist nicht dein Ernst!«, stammelte Linn. »Du ziehst mit mir das gesamte Aschenbrödelprogramm durch? Was passiert, wenn ich um Mitternacht nicht zu Hause bin? Löst sich dann alles auf und ich stehe in Unterwäsche auf der Party?«

»Wart's ab! Zehn Minuten Generalüberholung und du bist ein neuer Mensch. Niemand wird mehr erkennen können, dass du gestern Abend saufen warst. Du wirst der Star des Abends! Drunter machen wir es heute nicht.«

Nach einigen von Konstanzes geübten Schmink- und Frisiergriffen glaubte Linn das sogar selbst. Die Frau, die ihr aus dem Spiegel entgegensah, war der Hammer. Die dünnen roten Haare wirkten mit einem Mal sensationell voluminös, die Smokey Eyes machten die Augen riesig, die Haut war makellos und die roten Lippen sahen zum schwarzen Anzug einfach super aus. Rote Nägel dazu – so könnte sie glatt bei *Shopping Queen* mitmachen und würde von Guido zehn Punkte bekommen.

Auch Matti Johannson nickte anerkennend. »Wir sind perfekt für jedes Cover!«

»Und jetzt ist Showtime, meine Lieben! Die Presse wartet.«

Und Trina hielt Wort. Als die drei hinaus auf den Theatervorplatz traten, standen dort mindestens zwanzig Journalistinnen und Journalisten mit ihren Kameras versammelt, sogar zwei Fernsehteams waren dabei. Vor der Kulisse der *Festung* war ein roter Teppich ausgelegt, auf dem Intendant Thalheim-Sommer sichtbar das Blitzlichtgewitter genoss.

»Selbstverständlich bin ich aufgeregt«, log er in die Menge. »Heute ist ein historischer Tag für uns. *Croyez-moi!*«

Einige Meter entfernt entdeckte Linn Bettina und winkte ihr zu. Die staunte nicht schlecht, als sie die drei Aufgetakelten erkannte.

»Nach zwei Jahren Pandemie beginnt endlich wieder das Leben in diesem Haus«, rief Thalheim-Sommer.

»Tschakka, seht ihr heiß aus«, sagte Bettina beeindruckt. Auch sie hatte sich schick gemacht. Sie trug ein knalloranges Kleid und ihre braune Mähne wirkte noch wilder als sonst.

»Na, du aber auch«, lobte Linn. »Und man wird dich auf jedem Foto direkt sehen.«

»Mit *Schwarze Petra* werden wir Maßstäbe setzen«, erklärte im Hintergrund der Intendant. »Gerade in Sachen Diversität!«

»Großartig!«, schloss sich Trina an. »Du siehst einfach klasse aus, Bettina. Matti kennst du ja bestimmt schon, nicht wahr? Schließlich sind er und Linn seit ein paar Monaten ein Paar«, fügte sie augenzwinkernd hinzu. Bettina verstand sofort und begrüßte auch ihn mit zwei Küsschen auf die Wange.

»Bitte entschuldigt mich, ich hole jetzt den Gockel dort aus dem Scheinwerferlicht und moderiere euch an!«

»Ja, bitte. Ich müsste eigentlich schon längst wieder hinter der Bühne sein«, sagte Bettina aufgeregt.

»Wie wird's denn?« Wieder spürte Linn ein nervöses Kribbeln.

»Ach, Frau Ungeduld! Jetzt hör schon auf mit deiner Fragerei. Du wirst es gleich selbst erleben.«

Trina war an die Seite von Thalheim-Sommer getreten, der sie völlig irritiert anstarrte. In so einer Aufmachung hatte wohl auch er seine Partnerin selten gesehen. Selbstbewusst wandte sie sich an die Presse: »Meine sehr verehrten Damen und Herren! In einer halben Stunde wird sich der Vorhang heben. Sie können sich vorstellen, wie aufgeregt wir alle sind. Daher verabschieden wir uns nun von unserem hochgeschätzten Intendanten«, mit ausladender Bewegung schob sie ihn theatral zur Seite, »und ich darf als Dramaturgin der *Festung* die beiden Frauen begrüßen, denen wir *Schwarze Petra* zu verdanken haben: Regisseurin Bettina Heidenreich und Autorin Linn Kegel!«

»Aber ...«, setzte der Intendant an, doch die Aufmerksamkeit der Presse lag ganz bei Trina Huhn.

Sie winkte die beiden zu sich. Die Kameras klickten. Die drei ungleichen Frauen – die eine blond im weißen Abendkleid mit markanter Brille, die andere rundlich in Orange, die dritte im Paillettenanzug mit Turnschuhen und flammend roten Haaren – waren offenkundig ein super Sujet.

»Eine Frage an Frau Kegel«, rief ein Journalist. »Warum steht auf dem Banner an der Fassade nicht Linn, sondern Linu?«

Trina strahlte. »Eine Frage, die Sie bestimmt alle interessiert!« Sie stieß Linn unauffällig den Ellbogen in die Rippen.

»Au«, murmelte diese. Einen Moment zögerte sie und war unschlüssig, wie sie antworten sollte. Sollte sie der Presse die Wahrheit sagen? Und wie würde die lauten? »Wie kommen Sie denn auf Linu?«, antwortete sie schließlich und bemühte sich um einen leichten Ton in ihrer Stimme. »Weil es gestern in den Nachrichten so ausgesprochen wurde? Daran sieht man doch, wie wichtig eine saubere Recherche und journalistisches Handwerk sind!«

Einige Journalisten lachten bei diesem Seitenhieb auf das Nachrichtenmagazin.

»Nur weil die Mehrheit der Stücke an deutschsprachigen Theatern von Männern stammen, waren Sie, ohne es zu hinterfragen, bereit zu glauben, auch der Autor dieses Stückes müsse ein Mann sein?«

Die Lacher verstummten.

»Die Typografie auf dem Banner ist eine Spielerei. N und U spiegeln sich, genau wie wir Menschen uns ineinander spiegeln. Das wird gleich auch das Thema auf der Bühne sein.«

»Ha, wer's glaubt!«, war von weiter hinten der Ausruf von Thalheim-Sommer zu hören.

»Nicht schlecht, Frau Bestseller«, raunte ihr Bettina mit geschlossenem Mund zu. »Du weißt aber schon, dass du jetzt die Klage gegen das Theater vergessen kannst?«

Linn blickte ebenfalls weiterhin lächelnd in die Kameras und antwortete Bettina ebenfalls mit geschlossenem Mund. »Ich habe gerade beschlossen, dass das heute ein Erfolg wird.«

»Frau Heidenreich«, kam nun eine Frage von einer Journalistin aus der ersten Reihe. »Stimmt es, dass Ihre Hauptdarstellerin Vero Amstel gestern aus der Produktion ausgestiegen ist? Wie sind Sie damit umgegangen?«

»Professionell. Wie denn sonst?«, erwiderte Bettina. Auch hierfür erntete sie einige Lacher. »*The show must go on*, nicht wahr? Gemeinsam mit meinem hervorragenden Ensemble habe ich eine Lösung gefunden, die alle Erwartungen übertreffen wird.«

»Du weißt aber schon, dass du dir jetzt einen Reinfall nicht mehr leisten kannst?«, raunte nun Linn ihrer Freundin in Orange zu.

»Auch ich habe beschlossen, dass das heute ein Erfolg wird«, flüsterte diese zurück und strahlte in die Kameras. »*All in.*«

»So, meine Damen und Herren, es wird Zeit. Bitte machen Sie jetzt noch Ihre Einzelfotos, wenn Sie welche möchten. Hier kann auch Frau Kegels Begleiter dazukommen.«

Ein Raunen ging durch die Reihe der Boulevardpresse, als der schöne Matti auf den roten Teppich trat.

»Dann sind Sie also gar nicht lesbisch, Frau Kegel? Obwohl sie Feministin sind?«, fragte ein Journalist.

»Was hat das eine mit dem anderen zu tun?«, konterte Linn. »Ich hoffe doch sehr, dass auch Sie ein Feminist sind. Oder haben Sie etwas gegen Ihre österreichische Verfassung? Wir Feministinnen pochen auf die Durchsetzung der Gleichberechtigung. Das hat eher etwas mit Intelligenz zu tun als mit Sex.«

Ihr Blick fiel auf Trina, die ihr auffordernd zunickte.

Linn räusperte sich. »Aber zugegeben«, ergänzte sie, »der Sex wird durch den Feminismus eindeutig besser.«

Wieder war vereinzeltes Lachen zu hören. Aus dem Augenwinkel konnte sie sehen, wie Trinas Daumen nach oben ging. Matti schob sich lasziv an Linns Seite, legte seinen Arm um ihre Taille und ließ das Feuer, das in seinen Augen glühte, aus der tiefsten Etage kommen.

Die Kameras klickten wie wild.

Thalheim-Sommer war von hinten an die Dramaturgin herangetreten. »Der Begleiter?«, ranzte er sie möglichst leise an. »Habt ihr sie noch alle?«

»Ach, wusstest du gar nicht, dass die beiden ein Paar sind?« Trina grinste. »Und apropos: Morgen Abend sind deine Sachen aus der Wohnung raus. Es ist mir völlig egal, wie du das machst und wohin du gehst. Morgen Abend bist du weg.«

»Aber Trina, *mon amour* …«

»Schluss mit *ton amour*, Sven. Werd' erwachsen!«

Vorhang auf

Linn Kegel hatte eiskalte Finger. Es pochte in ihren Schläfen. Sie hatte das Gefühl, gleich ohnmächtig zu werden. Konnte es wirklich sein, dass sie schon wieder aufs Klo musste? Sie war doch gerade eben erst pinkeln gewesen.

Was für ein Glück, dass ich keine Schauspielerin geworden bin, dachte sie, wenn ich schon als Autorin solches Lampenfieber habe.

Sie saß neben Matti Johannson mitten im Parkett.

»Nervös?«, fragte er mitfühlend.

»Nicht die Bohne. Ich stehe nur kurz vor dem Herzinfarkt.«

Das Licht im Zuschauerraum ging aus, der Vorhang hob sich. Jetzt gab es kein Zurück mehr.

Der Bühnenraum lag in nebeligem Dunkel. Durch die hintere Bühnenwand kämpfte sich ein Licht. Genau wie bei der Generalprobe färbte sich der Prospekt langsam dunkelblau und es wurde heller.

Langsam wurde auch Roseanne Carlyle sichtbar, die auf einem der Stapel lag und sich dem Publikum zugedreht hatte.

»Die Geschichte dieses Dorfes ist die Geschichte meiner Familie. Dieses Haus ist mein Haus. Mein Vater und meine Mutter hatten keines. Es war immer unser großer Traum, ein Haus zu besitzen. Aber erst ich konnte diesen Traum verwirklichen.«

Die Tänzerin war vom Stapel herabgefedert und rief: »Und jetzt bin ich hier die Bürgermeisterin!«

Nun tauchten auch Tarkan Keller und die anderen auf.

»Und wenn du unsere Steuern senkst«, rief er ihr zu, »werden wir dich auch wieder wählen. Wenn nicht, kandidiere einfach ich!«

Tarkan spielte den Leiter der Lokalredaktion. Eine Rolle, die im späteren Verlauf des Stücks noch wichtig werden sollte, wenn es darum ging, den Hass auf die Hauptfigur zu schüren. Nun wurde erst einmal deutlich, wie groß sein Einfluss auf die Gemeinschaft war. Schnell war er umringt. Um seine Aufmerksamkeit zu bekommen, versuchten die Leute, sich mit witzigen Kommentaren zu übertrumpfen. Die Dorfbewohner wurden von den jungen Leuten von der Schauspielschule gespielt – eine wirklich diverse Runde, in der ganz unterschiedliche Hautfarben vertreten waren. Auch zwei weiße Statisten konnte Linn erkennen.

Sie wurde unruhig. Gleich müsste der erste Auftritt der Hauptfigur kommen. Und tatsächlich: Von außen kam eine weitere Frau hinzu, die nun ebenfalls versuchte, die Aufmerksamkeit des Journalisten auf sich zu ziehen. Doch die Leute des Dorfes hatten inzwischen einen engen Kreis um ihn gezogen. Auf der Suche nach einer Lücke in der Menschenmauer flitzte die Neue hin und her, versuchte einzudringen und die enge Runde mit Witzen aufzubrechen. Doch alle ignorierten sie. Ja, sie wurde sogar weggestoßen, fiel hin. Endlich erkannte Linn ihr Gesicht.

Hoshi, schoss es ihr durch den Kopf. Mit den langen Haaren und ohne Nickelbrille hatte sie die junge Japanerin fast nicht erkannt. Bettina hatte Vero Amstels Part Hoshi gegeben! An diese Möglichkeit hatte Linn gar nicht gedacht. Hoshi war Schauspielschülerin und bei allen Proben dabei gewesen. Natürlich war das die Lösung.

»Eva!«, rief Roseanne ihr zu. »Was machst du hier?«

Hoshis Blick ging zu Boden.

»Du hast hier nichts verloren! Geh nach Hause.«

»Aber heute ist Sonntag und die Sonne scheint.«

»Eva, ich sag es kein zweites Mal.«

Eva! Linn spürte, wie ihre Wangen heiß wurden. Bettina hatte auch den Vornamen der Hauptfigur wieder geändert. Sie war erleichtert. Auch wenn ihr Stück als solches noch durchfallen oder die Regie scheitern konnte, war zumindest jetzt wieder klar, dass die Schwarze Petra kein Mensch war.

Und Hoshi machte ihren Job als Eva richtig gut. Überzeugend führte sie dem Publikum vor Augen, wie schwierig es war, das Gewohnte mit neuen Augen zu sehen und neutral zu bewerten. Wie sehr Eva die Ausgrenzung und Verachtung, mit der ihr die anderen begegneten, aber auch selbst verinnerlicht hatte und normal fand. Die Geschichte war fesselnd, das Publikum wie gebannt.

Im Theatersaal war die Anspannung förmlich zu spüren, als Eva – nachdem sie das Dorf endlich verlassen hatte und ein unabhängiges Leben führte – nach Jahren beschloss, zurückzukommen, um die Bewohner zu konfrontieren.

In der Zwischenzeit war allerdings der Bürgermeisterin klargeworden, dass nur der gemeinsame Hass gegen Eva die Gemeinschaft noch zusammenhielt. Darum hatte sie diesen Hass über all die Jahre weiter befeuert.

»Ihr wolltet keinen Gott mehr, habt aber zugelassen, dass der Hass an seine Stelle getreten ist«, warf die zurückgekehrte Eva der Bürgermeisterin und dem Lokaljournalisten vor.

»Ja. Hass ist unsere Religion«, antwortete die Bürgermeisterin. »Aber ist es nicht besser, ein gemeinsames Feindbild zu pflegen, gerade wenn dieses weit fort ist, als dass sich der Hass gegen uns selbst richtet?«

Linn erinnerte sich, dass sie an dieser Stelle beim Schreiben lange darüber nachgedacht hatte, wie sie das Stück enden lassen könnte. Sollte Eva sich und das Dorf in die Luft sprengen und alles in Zerstörung enden? Sollte sie wieder gehen und das Dorf sich selbst überlassen? Oder sollte sie bleiben und versuchen, den Menschen die Augen zu öffnen – auch wenn sie wusste, dass sie von diesen Leuten gehasst wurde?

»Ich bin nicht hier, um euch eine Rechtfertigung für euer Handeln zu geben«, sagte Eva in ihrem Schlussmonolog. »Ich bin nicht hier, damit es euch gut geht oder schlecht. Ich bin hier, um mein Leben zu leben. Meine Aufgabe zu finden. Meinen Frieden.«

Die Zuschauer hielten den Atem an. Eva würde gehen. Sie würde leben und alles ein zweites Mal hinter sich lassen. Linn sah förmlich, wie die Gedanken im Zuschauerraum ratterten: Wäre ein solches Handeln zu unpolitisch? Wäre das nicht bloß eine Lösung auf der individuellen, nicht aber auf der systemischen Ebene? Doch was durfte man von einem Individuum erwarten? Hatte nicht jedes Individuum ein Anrecht auf seinen eigenen Frieden?

»Dann aber habe ich es verstanden«, sagte Eva schließlich. »Ihr seid meine Aufgabe. Ob ich es will oder nicht.«

Sie zog eine Pistole hervor und hielt sich den Lauf an die Schläfe. Einen Moment verharrte sie so. Weder die Bürgermeisterin noch der Journalist machten auch nur den geringsten Versuch, sie abzuhalten.

»Und darum werde ich das Einzige tun, was euch von eurem falschen Hass auf mich erlösen kann.«

»Nein! Jetzt bringt sie sich um!«, flüsterte eine Zuschauerin einige Reihen vor Linn.

Eva ließ die Pistole sinken. »Ich gebe euch einen Grund, mich wirklich zu hassen.«

Sie zog einen Umschlag hervor und warf ihn den Dorfbewohnern vor die Füße. »Morgen Abend seid ihr aus dem Dorf raus. Es ist mir völlig egal, wie ihr das macht und wohin ihr geht. Morgen Abend seid ihr weg.«

Dann verließ sie die Bühne.

Die Bürgermeisterin griff nach dem Umschlag und zog ein Blatt Papier heraus. Ihr Gesicht erstarrte, als sie las, was darauf geschrieben stand.

»Was ist?«, fragte der Journalist. »Was steht drin?«

»Sie hat das ganze Dorf gekauft! Sie wird hier einen Vergnügungspark bauen. Alles wird abgerissen.«

Einen Moment verharrten alle. Dann ging das Licht aus. Das Stück war vorbei. Das Publikum applaudierte.

Es applaudierte lange.

Premierenfeier

Die Premierenfeier fand traditionsgemäß in der Kantine statt. Alle, die auf und hinter der Bühne an der Produktion beteiligt waren, fanden sich dort ein und brachten ihre Freunde, Verwandten und Bekannten mit. Auch einige ausgewählte Presseleute mischten sich unter die Feiernden. Für Matti Johannson sicherlich eine zusätzliche Motivation, weiterhin nicht von Linns Seite zu weichen.

Als sie an einem der Journalisten vorbeiliefen, beugte er sich demonstrativ zu ihr und flüsterte ihr mit laszivem Gesichtsausdruck ins Ohr: »Wenn deine Bücher auf Schwedisch übersetzt werden, lese ich sie alle.«

»Vielleicht schreibe ich bald einen Köttbullar-Mord«, hauchte sie ebenso überzeugend zurück.

»Dann kannst du sicher sein, dass du nie übersetzt wirst«, strahlte Matti sie verliebt an.

Sie gesellten sich zu Bettina, Roseanne, Trina und den miteinander verschlungenen Hoshi und Tarkan.

»Oh, haben wir etwas verpasst?«, fragte Linn und schob flüsternd hinterher: »Oder ist das für die Presse?«

»Linn, psst«, wies Trina sie gespielt zurecht.

»Nein!«, rief Hoshi. »Wir haben beschlossen, dass wir jetzt unsere eigene Soap machen!«

»Und die wird hoffentlich lange und erfolgreich laufen«, ergänzte Tarkan und küsste Hoshi aufs Ohrläppchen. »Vor allem, wenn sich Hoshi demnächst Extensions machen lässt. Sahen die langen Haare nicht hammermäßig an ihr aus?!«

Hoshi lächelte gequält und schob sich ihren BH zurecht.

»Ihr wart jedenfalls super«, rief Linn. Sie prostete allen der Reihe nach zu. »Und das trotz der kurzen Probenzeit. Und dein Regiekonzept«, sie wandte sich Bettina zu, »war auf den Punkt. Einfach grandios!«

»Die letzten zwei Tage muss ich aber nicht nochmals haben«, zwinkerte Bettina ihr zu und trank einen großen Schluck Sekt.

»Das kannst du laut sagen«, meinte Hoshi. »Aber so hatte ich gar keine Zeit für Lampenfieber. Eigentlich muss ich Vero dankbar sein, dass sie ausgestiegen ist.«

»Da hat auch Jean-Claude einiges dazu beigetragen«, ergänzte Linn.

»Ach, er war das?« Hoshi machte große Augen.

»Logisch war er das«, fand Roseanne. »Wer denn sonst? Er wollte unsere Premiere ruinieren.«

»Nicht ganz«, korrigierte Bettina. »Ihm ging es mehr um Vero als um die Premiere. Während wir geprobt haben, hat Linn alles aufgedeckt.«

»Ach, hatte er etwa ein Problem damit, dass Vero mal ein Mann war?«, fragte Tarkan.

»Bitte was?!«, riefen alle Umstehenden uni sono und starrten ihn überrascht an. Tarkan starrte mindestens ebenso erstaunt zurück.

»Ey, Leute, war euch das etwa nicht klar? Jean-Claude ist voll homophob. Was habt ihr denn gedacht, was die Wiener Würstchen um den Hals der Puppe zu bedeuten hatten? Und das Blut, das von den Beinen tropfte. Der hat Vero mit Kastration gedroht – die sie natürlich schon vor Jahren und professionell hinter sich gebracht hat. Aber das hat der gute Jean-Claude wohl verdrängt.«

Die Gruppe starrte ihn weiterhin entgeistert an.

»Leute, ich bitte euch. Das hat doch ein Blinder gesehen, dass es um eine Kastrationsdrohung geht! Das war banalste Metaphorik. Ihr solltet alle mehr ins Theater gehen!«

»Punkt für dich«, sagte Linn. »Aber warum hast du denn nichts gesagt?«

»Ich wusste nicht, dass man euch das sagen muss, ihr habt doch Augen im Kopf.« Tarkan gestikulierte wild mit seinen Händen. »Vero hat doch sogar ein Foto von sich als Mann in der Garderobe hängen.«

»Das war echt?«

»Natürlich war das echt.« Unbemerkt war Peppi Walzenhuber zur Gruppe gestoßen und prostete nun allen zu.

»Sie wussten das?« Linn schaute die Garderobiere perplex an.

»Selbstverständlich! Ich habe Sie doch heute Nachmittag im Park auf das Foto hingewiesen. Vero hat ihre Vergangenheit nie verheimlicht. Im Gegenteil: Immer wenn sie gefragt wurde, ob Vero eine Abkürzung von Veronika sei, sagte sie ganz trocken: ›Nö. Für Oliver.‹«

»Und ihr neues Gesicht ist ja wahnsinnig gut gemacht«, übernahm Tarkan wieder.

»Nicht nur das. Ihr hättet mal den Rest sehen sollen ...« Die Walzenhuberin kicherte.

»Garantiert inklusive Knochen abschleifen«, fuhr Tarkan fort, »sonst kriegt man die Gesichtsform eines Kerls ja nicht weg. Das volle Programm. Trotzdem hat doch jeder gemerkt, dass sie männlich sozialisiert ist.«

»Sozialisiert?«, fragte Matti.

Bevor Linn es ihm erklären konnte, sagte Hoshi bereits: »Sie hat die Welt als Mann kennengelernt und wurde als Mann erzogen.«

»Ich glaube, ich muss auch anfangen, Seifenopern zu schauen«, staunte Roseanne. »Da lernt man sowas?«

Hoshi nickte. »Momentan ist das in jeder zweiten Show Thema.«

»Und was willst du uns damit sagen?«, richtete sich Bettina wieder an Tarkan.

185

Dieser verdrehte die Augen. »Mann, Mädels! Dass ausgerechnet ihr mich das fragt! Wer als Mann sozialisiert wird, geht mit einem anderen Selbstverständnis durch die Welt. Der hat ganz andere Strategien und Instrumente, sich durchzusetzen.«

»Ach so?«

»Ich erklär's euch. Also: Roseanne ist tough, oder?«

»Und wie ich tough bin! *Yes, I am*!«

»Dennoch hat sogar sie eine gewisse Höflichkeit und Zurückhaltung, die anerzogen sind.«

Roseanne fing laut und scheppernd an zu lachen. »Was habe ich? Das sieht Jean-Claude aber bestimmt ganz anders! Der hat mal mein Boxtraining zu spüren bekommen! *Bam, in his face!*«

Tarkan winkte ab. »Vero dagegen, die hatte zwar dieses ätherische Aussehen, aber sie war immer ganz geradeaus. Die hatte etwas im Kern Unverbogenes, man könnte auch sagen: Rücksichtsloses. Weil sie eben als Junge aufgewachsen ist. Und Jungs wird vermittelt, dass sie hart und stark zu sein haben.«

»Ach, du spinnst ja!«, kommentierte Bettina. »Wir alle hier sind durchsetzungsfähige Frauen! Wir sind doch nicht verbogen.«

»Wenn ich etwas aus meiner Zeit in den Travestieclubs weiß, dann, dass die meisten Männer nie gelernt haben, Rücksicht zu nehmen. Und dass das einen fucking Unterschied zwischen Männern und Frauen macht.«

Linn starrte ihn an. Ihr Hirn ratterte. Doch. Auch wenn es nicht auf jeden und jede in allen Einzelheiten zutraf, hatte Tarkan hier einen Punkt. Und dass Geschlecht biologisch und sozial begründet war, war als Erkenntnis nun auch nicht ganz neu. Das war schon im 19. Jahrhundert bekannt. Aber traf dieses Verhaltensmuster auch auf Vero zu? Ja, sie war tough, aber bei ihren Zusammentreffen war sonst nichts Auffälliges gewesen. Nur dass der Tee scheußlich schmeckte. Aber das konnte nicht an der Erziehung liegen.

»Jean-Claude wird sich für die Aktion verantworten müssen«, berichtete Bettina. »Hast du eigentlich deine Aussage gemacht?«

Linn nickte. »Wird für ihn kaum mehr als ein Schuss vor den Bug sein. Der war vielleicht zwei Stunden bei der Polizei, danach durfte er wieder nach Hause. Wenn wir Pech haben, taucht er gleich noch bei der Premierenfeier auf.«

»Bloß nicht!« Bettina stöhnte. »Der soll mal schön darüber nachdenken, was für ein Schwein er ist.«

»Apropos«, sagte Trina mit einem breiten Grinsen. »Schwein ist ein gutes Stichwort. Habt ihr schon gehört, dass jemand Schlachtabfälle in den Briefkasten von Jonathan gestopft hat?« Aufmerksam musterte sie die Runde. »Jemand eine Idee, wer das getan haben könnte?«

Ihr Blick blieb an Tarkan und Hoshi hängen, die alle Mühe hatten, sich ein Lachen zu verkneifen.

»Ihr wart das?«, jubelte Trina.

»Kreativ ohne Ende«, lobte Bettina.

»Respekt«, stimmte Matti zu.

»Wunderbar!«, klatschte Peppi.

»Widerlich«, sagte Roseanne, und als die ganze Runde sie entsetzt ansah, fügte sie hinzu: »Aber genial!«

»Wir fanden seinen Auftritt gestern in der Garderobe so scheiße, dass wir ihm eine Botschaft überbringen wollten«, erklärte Hoshi.

»Und da wir leider keinen Pferdekopf hatten wie in *Der Pate*«, ergänzte Tarkan, »mussten wir uns halt mit Schlachtabfällen begnügen. Die waren in unserer kurzen Pause auch einfacher zu besorgen als ein ganzer Kopf. Wir mussten uns aber ganz schön beeilen. Zumindest konnten wir sicher sein, dass nicht du den Briefkasten öffnest. Du bist doch freitags immer beim Pilates.«

»Dass ihr euch das gemerkt habt und mein Ex nie, lass ich mal so stehen.«

»Wir hätten sein Gesicht zu gern gesehen …«, sagte Hoshi. »Aber wir mussten direkt wieder zurück ins Theater. Sonst hätte ich noch eine Videokamera installiert.«

»Oh, ja, das wäre ein Spaß gewesen!«, prostete die Dramaturgin den beiden anerkennend zu.

»Immerhin hat uns diese Aktion im wahrsten Sinn des Wortes vor Augen geführt, dass wir zusammen Pferde stehlen könnten – wenn denn welche da wären.«

»Stimmt«, pflichtete Hoshi bei. »Eigentlich hat uns Thalheim-Sommer zusammengebracht!«

»Wo ist er eigentlich?«, fragte Bettina. »Wäre es nicht an ihm, jetzt eine kleine Ansprache zu halten?«

»Ach, der steht da hinten und bequatscht schon wieder die Presse«, sagte Trina. »Ich übernehm das mal.«

Sie zog ihre Highheels aus und kletterte barfuß mit Mattis Hilfe auf einen Kantinentisch. Tarkan reichte ihr einen Sekt und einen Kugelschreiber hoch, mit dem sie an das Glas klopfte.

»Ansprache! Ansprache!«, rief sie gutgelaunt in die Menge. In ihrem weißen Abendkleid sah sie atemberaubend aus. »Nehmt euch alle noch ein Getränk, aber dann haltet mal kurz die Klappe! Ich habe euch etwas zu sagen. Das, liebe Leute, war eine fantastische Premiere heute Abend und ein gelungener Start in die neue Spielzeit, und ich möchte euch im Namen der gesamten Hausleitung herzlich für euren Einsatz danken! Unser Intendant hätte das bestimmt auch selbst gern getan, aber wahrscheinlich war ihm der Kantinentisch zu hoch.«

Für diesen Seitenhieb erntete sie Applaus und Gelächter.

»Hinter euch allen liegt ein wahrer Probenmarathon. Dass nach Vero Amstels Ausscheiden noch alles geklappt hat, ist vor allem zwei Frauen zu verdanken: Bettina Heidenreich und unserer Nachwuchsentdeckung Hoshi Takahashi. Ich bin mir sicher, dass das für euch nicht die letzte Premiere an der *Festung* war.«

»Hört, hört!«, rief Tarkan.

»Dieser Abend«, fuhr Trina fort, »war der Abend der Frauen. Danke auch dir, liebe Linn Kegel, dass du dich auf das Abenteuer mit uns eingelassen hast. Wir sind stolz, dass wir dein erstes

Stück uraufführen durften. Für die *Festung* wünsche ich mir noch viele solcher Abende. Nicht wahr, lieber Jonathan?«

»Natürlich!«, rief dieser von seinem Platz in der Menge. »Aber für die nächste Spielzeit haben wir bereits eine Frau.«

Vielleicht meinte er es witzig, doch an diesem Abend kam diese Art von Humor nicht an. Die Beschäftigten der *Festung* buhten ihren Chef schonungslos aus. Ein Ereignis, das in der Theaterlandschaft so neu war, dass es ein paar Tage später unter der Überschrift HAT DAS THEATER EIN SEXISMUSPROBLEM? sogar in der überregionalen Presse besprochen werden sollte.

Matti nutzte die Gelegenheit und zog Linn zur Seite. »Paare, die seit ein paar Monaten zusammen sind, knutschen doch bestimmt auf Partys, oder?«

»Wenn sie so cool sind wie wir, dann auf jeden Fall.« Sie packte ihn am Hemdkragen, was dazu führte, dass sich ein weiterer Knopf seines Hemdes öffnete, und küsste ihn hemmungslos. Das hier war ihr Abend. Auch das sollte später in der Presse stehen.

Suppenhuhn au vin

Er hatte alles so gemacht, wie es im Internet erklärt wurde. Er hatte das Suppenhuhn zerteilt und in einem großen Topf angebraten. Zum Glück hatte ihm seine Mutter, wohl eigens zu diesem Zweck, einmal einen dieser schicken Bräter geschenkt. Er hatte Jahre gebraucht, um herauszufinden, was man darin zubereiten könnte, doch nun war es soweit – Schalotten, Knoblauch, Möhren, Sellerie und Thymian dazu und alles gemeinsam rösten. Dann hatte er aus seinem Weinregal eine Flasche Rotwein ausgesucht. »Trocken und lecker« hatte es im Rezept geheißen. Damit hatte er alles abgelöscht und einmal aufgekocht, bevor er das im Wein schwimmende Huhn in den vorgeheizten Backofen geschoben hatte.

Nun saß er am Küchentisch und fühlte sich so wie damals beim Winterurlaub in Österreich. Zum Après Ski in der Hütte hatte es dort meist Glühwein gegeben – und ob man ihn bestellt hatte oder nicht, allein durch die Dämpfe verließ niemand die Hütte ohne einen Schwips.

Verdammt, dachte er. Wenn sie gleich kommt und mich so sieht, bekommt sie einen völlig falschen Eindruck von mir.

Panisch riss er das Fenster in der Küche auf und hielt sein Gesicht unter den Wasserhahn.

Nüchtern werden. Er musste wieder nüchtern werden.

Vielleicht war eine ganze Flasche Wein etwas zu viel gewesen für das eine Huhn, dachte er. Im Rezept wurde eigentlich mit sechs bis acht Hähnchenkeulen kalkuliert. Da konnte, wenn er es sich recht überlegte, sein kleines Suppenhuhn, das noch nicht einmal ein Kilo wog, nicht mithalten.

Warum fühlte er sich denn immer noch so benebelt im Kopf? Vielleicht war das auch gar nicht der Wein, sondern die Nervosität? Auch wenn er von seiner Entscheidung voll überzeugt war, hatte ihn das Gespräch mit seinem Bruder aufgeregt. Ausreden wollte Jean-Claude ihm seine Liebe. Die sei lächerlich, hatte er gesagt. Ausgerechnet Jean-Claude, der nie eine längere Beziehung hinbekam, wollte ihm sein Glück ausreden!

Dabei hatte sie ihm eh selbst alles erzählt. Bis ins letzte Detail. Und er hatte sie direkt nach ihrem Geständnis gefragt, ob sie ihn heiraten wollte. Was für ein Glück, dass sie ihn gestern Nachmittag angerufen hatte und sie sich treffen konnten. So war nun alles geklärt.

Er war sich nach wie vor sicher. Er liebte diesen Menschen – ganz egal, was früher einmal war. Warum sollte er jemanden nach einer Vergangenheit beurteilen, die Jahre zurücklag? Was spielte das für eine Rolle?

Trotzdem war er aufgeregt. Ob er einen Schnaps trinken sollte? Nein, bloß nicht, das wäre ja schon wieder Alkohol! Was sollte sie von ihm denken?

Lieber wollte er sich ablenken. Er setzte schon mal das Wasser für die Bandnudeln auf und deckte den Tisch im Esszimmer. Er hatte extra rote Rosen besorgt und sie überall in der Wohnung dekoriert. Sie sollte sich wohlfühlen bei ihm und wissen, dass er sie genauso akzeptierte, wie sie war. Und nicht mehr gehen. Nie mehr.

Ihm war ganz schwindelig. Nur einen Moment wollte er sich auf die Couch legen. Nur einen kleinen Moment …

Als es einige Zeit später an der Tür klingelte, kochte das Nudelwasser längst über und auch aus dem Backofen dampfte es verdächtig.

»Ich komme!«, schreckte er empor. »Ich komme sofort!«

Hektisch rannte er in die Küche, zog den Kochtopf von der Platte und öffnete die Klappe des Backofens. Schrill ging der Rauchmelder an und schrillte auch noch, als er endlich die Tür öffnete.

»Ich habe gehört, hier wird eine handwerklich begabte Mitbewohnerin und Ehefrau gesucht«, sagte Vero Amstel, die mit mehreren Koffern vor ihm stand.

»Darauf kannst du wetten«, antwortete Sebastian Porter und küsste sie leidenschaftlich.

Der *Coque au vin* war allerdings trotz aller Mühe ungenießbar. Sebastian machte eine schnelle Tomatensoße zu den Bandnudeln und servierte dazu Sprudelwasser.

Er hoffte inständig, das Suppenhuhn möge ihm sein Versagen verzeihen.

Ein paar Monate später
(Epilog)

»Wo hast du denn das Knabberzeug geparkt? Die Sendung fängt gleich an.« Bettina Heidenreich riss hektisch die Küchenschränke der Wohnung in der Gonzagagasse auf.

»Verbreite nicht so eine Panik«, versuchte Linn Kegel sie zu beruhigen. »Bier und Wein sind viel wichtiger und die stehen schon bereit.«

»Schau im kleinen Schrank über dem Herd«, rief ihr Trina Huhn zu, die mehrere Gläser ins Wohnzimmer trug. »Nein, im anderen. Dem kleinen daneben. Genau dem! Mach schon mal die Glotze an, Linn! ORF ist direkt die eins.«

Nachdem die Premiere und auch alle anderen Vorstellungen von *Schwarze Petra* erfolgreich über die Bühne gegangen waren, hatte Trina die beiden Kölnerinnen im Frühsommer darauf zu einem gemeinsamen Wochenende nach Wien eingeladen. Seit dem Auszug ihres Ex bot ihre Wohnung mehr als genug Platz für Gäste. Und es gab einiges zu feiern: Das Kultusministerium hatte sie wegen des Sexismusvorwurfs gegen den Intendanten ab der kommenden Spielzeit als neue Chefin der *Festung* verpflichtet. Jonathan Thalheim-Sommer würde an die Festspiele Xanten wechseln.

Doch davor stand heute noch sein letzter öffentlicher Auftritt an: Gemeinsam mit Verleger Jo Hartmann war er zu Gast in der Sendung *Talk in Wien*.

»*Dumdurumdum*« klang die Titelmelodie aus dem Fernseher.

»Jetzt kommt endlich!«, rief Linn, die es sich bereits auf dem großen Sofa bequem gemacht hatte.

»Herzlich willkommen bei *Talk in Wien*. Ihre Gastgeberin ist Steffi Schneeberger. Sie freut sich über die folgenden Experten zum Thema *Wie divers ist unser Theater?*«

»Es fängt an!«

»Jonathan Thalheim-Sommer, Noch-Intendant der Wiener *Festung* ...«

»Was wollt ihr denn trinken? Dann schenk ich euch schon mal ein.«

»Jo Hartmann, Gründer des Hartmann Verlags und damit Verleger des letzten großen Publikumserfolgs der *Festung*, dem Bestseller *Schwarze Petra*.«

»Mach gern schon mal den Weißwein auf«, rief Trina aus der Küche. »Ich komm jetzt.«

»Und Jean-Claude Porter, der als gefragter Theaterregisseur im gesamten deutschen Sprachraum tätig ist.«

»Habt ihr mitgekriegt, dass dieser Mistkerl auch zu Gast ist? Das macht die Runde natürlich perfekt!«

»Wie? Die haben auch noch Jean-Claude eingeladen?« Bettina balancierte mehrere Tüten Chips und Cracker, die sie aufeinandergestapelt und mit ihrem Kinn fixiert hatte.

»Oh ja, Weißwein, lecker. Was trinkst du denn, Linn?«

»Ich bleib beim Bier, danke.«

»Nochmals sorry, dass ich zur Feier des Tages kein Amstel gekauft habe. Kam mir zu spät in den Sinn«, rief Trina.

»Damit gehst du ins Rennen um den goldenen Kalauer des Tages!«

»Rück mal ein Stück, dann passen wir alle drei aufs Sofa«, forderte Bettina.

»Alles in Ordnung, Ladys. Ich sitze sowieso lieber auf dem Corbusier.« Trina ließ sich auf ihren edlen Designersessel fallen.

»Jetzt aber alle mal Ruhe, ich will was hören!«

»Selten war ein Ensemble so divers und das künstlerische

Team so weiblich wie in *Schwarze Petra*. Was hat Sie so sicher gemacht, dass dieses Stück, das sich mit den Mechanismen von Diskriminierung befasst, ein Erfolg werden wird? Das Stück stammt ja von einer Autorin, die bis dahin im Theaterbereich noch völlig unbekannt war.«

»Wissen Sie«, erklärte Thalheim-Sommer und gab sich offensichtlich Mühe, möglichst ernst und intellektuell zu wirken, »wenn man wie ich seit Jahren erfolgreich für die Bühne arbeitet, entwickelt man ein Gespür für Stoffe und Menschen.«

»Ha!«, gluckste Trina. »Dass ich nicht lache!«

»Als ich das letzte Buch von Frau Kegel gelesen habe, war mir klar: Wenn man die an die Hand nimmt und in die richtige Richtung führt, könnte das ein Talent für die Bühne sein!«

»*What*?«, prustete Linn los. »Du hast hier nichts und niemanden geführt, Herr Meier!«

»Wir haben im deutschsprachigen Raum immer noch zu wenig Autorinnen, die auch fürs Theater schreiben. Also habe ich meine Dramaturgin beauftragt ...«

»Wie bitte?! Abhalten wollte er mich!«

»Du musst dir deine Entrüstung einteilen, Trina«, riet Bettina. »Verschieß nicht direkt alles schon am Anfang. Es wird bestimmt noch viel schlimmer. Hier, dein Weißwein!«

»... und genau so ist es gekommen. *Schwarze Petra* trifft mit den Themen Diskriminierung und Hass den Zeitgeist. Auf Französisch nennt man das *l'air du temps*. Ein Lüftchen, ein Wind, der aktuell weht.«

»Wenn ich hier direkt mal einhaken darf«, wandte sich nun Jo Hartmann an die Runde. »Genauso ging es mir auch mit den Büchern von Linn Kegel. Durch ihre feministischen Aspekte sind sie eben mehr als reine U- oder E-Literatur. Oder weniger, je nachdem. Gäbe es nicht Max Frisch, ich würde vorschlagen, die Bücher F-Literatur zu nennen.« Hartmann kicherte, doch keiner der Männer verstand seinen Witz. »Na, weil doch Feminismus und Frisch mit F anfangen«, erklärte er verzweifelt.

»Wie ist der denn drauf? Und was redet der für einen Stuss?«
Linn schüttelte fassungslos den Kopf.

Die Moderatorin nickte zustimmend.

»Es ist nur sehr bedauerlich, dass Frau Kegel weiß ist. Da kommen wir mit unserem selbstgesetzten Diversitätsziel im Verlag an unsere Grenzen.«

»Sagt ausgerechnet ein Verleger, der fast nur weiße Männer verlegt ...«

»Diese Problematik kennen wir auch im Theater«, meinte Thalheim-Sommer. »Das ist ganz schwer. Also, die meisten Frauen, die sich bei uns bewerben, sind weiß. Das wird mir dann auch zu viel.«

»Klar doch«, kommentierte Bettina und knisterte mit der Chipstüte. »Diversität soll sich schön in der Frauenecke abspielen. Eine schwarze Frau, am besten noch körperlich beeinträchtigt und mindestens praktizierende Hinduistin, und das Diversitätsziel ist erreicht. Pah!«

»Sie, lieber Herr Porter, mussten für *Schwarze Petra* mit ihrer Inszenierung auf die Studiobühne ausweichen. Sie haben also – erlauben Sie mir das Wortspiel – eigentlich den Schwarzen Peter gezogen. Wie sind Sie damit umgegangen? War das nicht unfair?«

»Ui, so eine Frage wünschte ich mir ja mal für eine Expertin!«, rief Trina Huhn. »Liebe Ruth Klüger, die Universitäten haben Sie als Holocaust-Überlebende noch nicht einmal zu Bewerbungsgesprächen eingeladen, obwohl Sie genauso qualifiziert waren wie ihre männlichen Mitbewerber mit SS-Vergangenheit. War das nicht unfair?«

»Bist du böse!«, kommentierte Bettina. »Diese Chips schmecken richtig gut. Da ist bestimmt dieses Zeug drin, das süchtig macht.«

»Natriumglutamat«, antwortete Linn.

»Hä?«

»Wissen Sie, ich habe schon unzählige Male in der *Festung* inszeniert. Für mich kam das genau zum richtigen Zeitpunkt. Kreativität muss man sich ja immer wieder neu erarbeiten, sich neu hineinfühlen. Nichts ist schlimmer für die Kreativität als Routine. Da werden mir die Kollegen bestimmt beipflichten.«

»In jedem Fall«, nickte Thalheim-Sommer ernst. »Routine ist ganz schlecht. *Désastreux.*«

»Absolut«, flankierte auch Hartmann.

»Ihr Weggang aus Wien hat also nichts mit der Bewährungsstrafe zu tun, die Sie im Kontext von *Schwarze Petra* bekommen haben?«

»Ganz und gar nicht. Irgendwann ist ein Raum auserzählt, dann ist es Zeit für eine neue Umgebung. Darum habe ich mich dazu entschieden, ab der nächsten Spielzeit wieder frei zu arbeiten. Im Herbst mache ich eine Bühnenfassung des *Steppenwolf* von Hesse in Winterthur in der Schweiz.«

»Also hegen Sie keinen Groll gegen die Frauen, die jetzt das Theater erobern und denen Sie Ihre Bewährungsstrafe verdanken?«

»Bitte?!«, riefen die drei, und Linn ergänzte: »Seine Bewährungsstrafe verdankt er einzig und allein sich selbst! Der Typ ist ein Gewalttäter!«

Der Mann mit dem Käppi lachte auf. »Überhaupt nicht.«

»Eine noble Einstellung! Zumal Bettina Heidenreich mit ihrer Inszenierung direkt zum Berliner Theatertreffen eingeladen worden ist. Also verdankt sie ihren Erfolg ein bisschen Ihnen, oder?«

»Wie ist die denn drauf?« Bettina hätte sich fast verschluckt. »Kann man diese Moderatorin bitte zurückgeben? Das geht ja gar nicht!«

Jean-Claude lächelte mild: »Wenn Sie das so sagen. Mir ist jedenfalls wichtig, auch in diesem Kreis zu betonen, dass ich es als eine Bereicherung empfinde, dass wir uns jetzt mit neuen Themen befassen.«

»Unbedingt!«, bestätigte der Intendant.

»Was? Neue Themen?«, rief Bettina. »In welcher Höhle habt ihr vorher gelebt?«

»Im Frühjahr mache ich die *Vagina Monologe* in Ingoldstadt. Darauf freue ich mich sehr. Das Stück eröffnet einen völlig neuen Blick auf den Feminismus und feministische Debatten. Ganz innovativ und frech!«

»Bitte?!«, rief Linn. »Die *Vagina Monologe* von Eve Ensler waren das Kultstück der 1990er ...! Das sind auch schon wieder dreißig Jahre her. Warum müssen wir immer wieder von vorne anfangen?«

»Ich finde es wichtig, dass am Theater auch mal andere Stoffe als *Kabale und Liebe* oder *Macbeth* zu sehen sind. Ich finde, auch *Lolita* von Nabokov gehört auf die Bühne.«

»Oh mein Gott, das ist ein Altherrenroman aus den Fünfzigern! Das ist Fremdschämalarm hoch zehn«, stöhnte Trina. »Die drei haben echt überhaupt keine Ahnung, wovon sie sprechen. Kannst du mir bitte nochmal nachschenken?«

»Und wie sehen Sie das, Herr Thalheim-Sommer, dass Ihre Nachfolgerin an der *Festung* angekündigt hat, eine ganze Spielzeit nur mit Regisseurinnen zu arbeiten? Zudem will sie eine Fünfzig-Prozent-Quote für Stücke von Frauen. Mit Linn Kegels *Gretchens Rache* und Hedwig Dohms *Werde, die du bist* stehen wieder zwei Uraufführungen an.«

»Aufgepasst! Wir nähern uns einem intellektuellen Höhepunkt, wetten?«, sagte Bettina.

»Oh ja!«, pflichtete Trina bei.

Thalheim-Sommer rutschte angespannt auf seinem Sessel nach vorne. »Eigentlich gehört es sich für einen Intendanten nicht, seiner Nachfolgerin Tipps zu geben.«

»Dann tu's nicht!«, rief Linn. »Bitte tu's nicht. Sag jetzt nichts von Qualität!«

»Aber hier muss ich schon sagen, dass das ausschlaggebende Kriterium für ein Engagement als Regisseur oder Regisseurin und auch für die Wahl eines Stücks unterm Strich immer die Qualität sein muss.«

»Bullshit-Bingo!« Die drei lachten schallend.

Es klingelte an der Tür. Die zukünftige Intendantin sprang auf, um zu öffnen.

»Roseanne, da bist du ja! Komm rein! Es hat schon angefangen.«

»Sorry, dass ich zu spät bin.«

»Keine Sorge, du kommst genau richtig. Die drei reden sich um Kopf und Kragen.«

»Oh, dann habe ich ja doch etwas verpasst. Kam das Qualitäts-Argument schon?«

»Gerade eben!«, riefen Linn und Bettina im Chor. »Bier oder Wein?«

»Habt ihr auch alkoholfreies Bier? Seit mir aufgefallen ist, wie viel im Fernsehen und in Büchern getrunken wird, trinke ich keinen Alkohol mehr.«

»Sehr löblich!«

»Steht im Kühlschrank«, antwortete Trina.

»Herr Thalheim-Sommer«, fuhr die Moderatorin fort, »ist der Wunsch nach mehr Vielfalt am Theater also einer, der der Qualität entgegensteht? Oder anders gefragt: Was ist der Preis der Diversität?«

Der Hüne überlegte und strich sich dabei über sein breites Kinn. »Sie müssen sehen, liebe Frau Schneeberger, dass wir in einer geschichtsvergessenen Zeit leben. Unsere Theater waren nie so weiß und männlich, wie der heutige Diskurs suggerieren will. Das geht in Richtung *Cancel Culture*. Wussten Sie, dass in Wien bereits in den 1980er Jahren ganz selbstverständlich eine schwarze Tänzerin am Staatsballett den Weißen Schwan getanzt hat?«

»*Oh, no! You bastard!* Das ist mein Märchen, nicht deines!« Roseanne stampfte verärgert mit dem Fuß auf.

»Roseanne Carlyle. Später habe ich sie in das Ensemble der *Festung* geholt. Es gab immer schon Chancen für Leute, die wirklich talentiert waren.«

»Aber Trina Huhn wird nun die allererste Intendantin in der Geschichte der *Festung* werden. Wie erklären Sie sich das?«

»Ich bin gerührt, dass endlich mal mein Name fällt!«, rief Trina.

»Wie gesagt: Ausschlaggebend muss immer die Qualität sein. *La Qualité!* Und da ich die *Festung* verlasse ...«

»O Gott, verschone uns!« Trina warf die Arme in die Luft.

»Linn, wie ging es eigentlich weiter mit deinem heißen Premierenflirt?«, fragte Roseanne.

»Ha! Linn Kegel knutscht Linu Kegel.« Bettina lachte. »Ist das nicht eigentlich Selbstbefriedigung?«

»Na und?«, grinste Linn zurück. »Ist auch wichtig. Und wie schon Madonna sagte: Junge Männer wissen zwar nicht, was sie machen, aber sie tun es die ganze Nacht.« Die anderen lachten. »Gleich ist mein Verleger wieder dran. Das will ich hören!«

»Kommen wir zurück zum Thema Autorschaft. Herr Hartmann, wie wird es in Ihrem Verlag weitergehen? Suchen Sie nun gezielt nach Autorinnen, die auch fürs Theater schreiben, da sich Ihnen hier ein *Window of Opportunity* auftut?«

Jo Hartmann wirkte von der Frage überrascht. »Ähm, also, wir sind mit den Autorinnen, die wir haben, sehr zufrieden und unterstützen sie, wo immer wir können.«

»In der Tat«, bestätigte Linn, »seine nervigen Anrufe und wilden Anschuldigungen waren schon immer total unterstützend.«

»Sagt mal«, fragte Roseanne in die Runde, »warum habt ihr der Redaktion eigentlich abgesagt?«

»Wieso abgesagt?«, erwiderte Linn. »Wie kommst du denn darauf?«

»Ich dachte, weil die die ganze Zeit über euch reden. Da hätten sie euch doch direkt einladen können. Ich meine, diese Männer da haben doch offensichtlich keine Ahnung, wovon sie sprechen.«

»Die Redaktion, meine Liebe, hat uns gar nicht erst angefragt«, erklärte Trina und hob ihr Glas.

»Wahrscheinlich waren wir denen nicht Expertinnen genug«, kommentierte Bettina und prostete zurück.

»Genau!«, bestätigte Linn. »Wir hätten ja schließlich über uns und unsere Arbeit reden müssen! Da haben wir doch keine Ahnung. *It's all about Quality, you know.*«

»Das ist echt alles noch viel schlimmer, als ich dachte.« Roseanne stöhnte.

Die Moderatorin wandte sich nun direkt an die Zuschauerinnen und Zuschauer.

»Zum Thema Diversität am Theater ist uns jetzt der Philosoph Richard Arvid Recht zugeschaltet. Nächste Woche erscheint sein Buch *Warum wir es nicht zu bunt treiben sollten.* Lieber Herr Recht, ich freue mich, dass Sie sich die Zeit nehmen und bei der heutigen Sendung dabei sind!«

»Sagt mal«, fragte Linn in die Runde, »wollen wir nicht lieber Pizza essen gehen?«

ENDE

Da ist noch was ...

Peppi Walzenhuber hat nach einigen Tagen Picknick ihren Platz im Park gegenüber der *Festung* aufgegeben und ihre Situation akzeptiert. Zusammen mit ihrer Lebensgefährtin betreibt sie heute eine Pension auf Mallorca.

Franz Bankl ist den eingeschlagenen Weg der Individualität weitergegangen und in einen serbischen Volkstanzverein eingetreten. Inzwischen tanzen dort alle mit roten Lackschuhen.

Roseanne Carlyle hat ihre Autobiografie geschrieben und kämpft seit der Veröffentlichung gegen rassistische Angriffe in den sozialen Medien. Mit einem Oberkellner des Café *Landtmann* hat sie eine Affäre, bei der Briochekipferl eine zentrale Rolle spielen.

Hoshi Takahashi hat sich kurz nach der Premiere von *Schwarze Petra* wieder von Tarkan Keller getrennt, da er mit den Männern in den Telenovelas bei weitem nicht mithalten konnte. In der kommenden Spielzeit spielt sie in der *Festung* den *Hamlet*.

Tarkan Keller hat die Hoffnung auf eine Hauptrolle aufgegeben und ist inzwischen der Chef der größten Travestie-Show Österreichs. Den Zungenbrecher mit den zwanzig Zwergen kann er nun ohne Probleme zehnmal hintereinander aufsagen.

Jonathan Thalheim-Sommer musste sich bei den Festspielen Xanten ohne Trina Huhn plötzlich um alles selbst kümmern. Als er die Festspieltage kurzfristig absagte, begründete er das mit den Nachwirkungen von Corona. Es hatte keinerlei Konsequenzen für ihn.

Trina Huhn hat ihre erste Spielzeit an der *Festung* wie geplant gestaltet und voll auf Regisseurinnen und Autorinnen gesetzt. Seitdem orientiert sie sich an einer Fünfzig-Prozent-Quote. Eine Gruppe von Regisseuren hat das Theater nun verklagt: Sie fühlen sich diskriminiert.

Jean-Claude Porter hat ein Anti-Aggressionstraining absolviert und dabei seine jetzige Frau kennengelernt, mit der zusammen er zum Quäkertum konvertiert ist. Die Geschichte mit dem Kruzifix hat er ihr bis heute nicht erzählt.

Matti Johannson ist nach Malmö zurückgekehrt. Dank seiner um die *Festung* aufgepimpten Vita moderiert er jetzt im schwedischen Fernsehen *Wer wird Millionär?*

Vero Amstel sind die Liebesbekundungen von Sebastian Porter ziemlich schnell auf den Keks gegangen und sie ist wieder ausgezogen. Sie arbeitet heute als Motivationstrainerin und Lebenshilfe-Coach für Frauen.

Sebastian Porter denkt auch noch Jahre später oft an das gefrorene Suppenhuhn in der Plastikhülle zurück. Er weigert sich zu glauben, dass es ganz umsonst gestorben sei.

Und Linn Kegel und Bettina Heidenreich? Das passt nicht auf drei Zeilen …

Danksagung

Geschafft! Linn Kegel und Bettina Heidenreich haben ihr viertes gemeinsames Abenteuer erfolgreich überstanden. Die Arbeit an dieser etwas anderen Krimistory war mir eine große Freude – und die Entwicklung der einzelnen Figuren auch für mich nicht ohne Überraschungen.

Bleibt mir nur noch, mich zu bedanken bei all denjenigen, die dieses Buch möglich gemacht haben, die mich unterstützt haben, die mit mir diskutiert, gestritten und gelacht haben. Allen voran Ulrike Helmer und Sina Hauer vom Ulrike Helmer Verlag und mein wunderbarer Lebenskomplize Burkhard Schmiester.

Ich bedanke mich aber auch bei Ihnen, liebe Leserin und lieber Leser, dass die Lesefreude und Neugierde selbst vor der Danksagung nicht haltgemacht hat.

Enden will ich in bester *Die Podcastin*-Manier und mit besonderem Gruß an Regula Stämpfli: *Und im Übrigen fordern wir die Abschaffung der Männerquote!*

Inhalt

© Foto: Burkhard Schmiester

ISABEL ROHNER

Nach *Schöner morden*, *Taugenixen* und *Gretchens Rache* (alle HELMER) ist *Schwarze Petra* ihr vierter feministischer Krimi. Nicht zufällig spielt er in der Theaterszene: Als Teil des Hedwig Dohm Trios steht Isabel Rohner, die einst an der Wiener Volksoper eine Regiehospitanz absolvierte, gern selbst auf der Bühne. Als Autorin liebt die gebürtige Schweizerin und promovierte Germanistin die kreative Vielfalt. Neben Romanen veröffentlicht sie Sachbücher wie *100 Jahre Frauenwahlrecht* (HELMER, 2017) oder für die Schweiz *50 Jahre Frauenstimmrecht* (LIMMAT, 2020).

Auch als Mitherausgeberin des Gesamtwerkes der feministischen Pionierin Hedwig Dohm und Expertin für die Geschichte der Frauenbewegungen hat Isabel Rohner sich einen Namen gemacht, zudem Dohms Biografie (*Spuren ins Jetzt*, HELMER) veröffentlicht und zwei Bände mit Zitaten berühmter Frauen vorgelegt. Zusammen mit der Politphilosophin Regula Stämpfli ist sie Host des feministischen Podcasts *Die Podcastin* (vorgeschlagen für den Grimme Online Award und Netzwende Award).

PRESSESTIMMEN

»GRETCHENS RACHE« (Paperback, 208 S., 978-3-89741-451-8)

»Hier trifft die spitze, feministische Feder mitten in den patriarchalen Speck.« (Marija Bakker, WDR)

»Was ist besser als Goethes Faust? Gretchens Rache!« (Regula Stämpfli, Die Podcastin)

»Ein großes Lesevergnügen!« (Ida Kretzschmar, Märkische Oderzeitung und Lausitzer Rundschau)

»Isabel Rohner hat das Genre des *feministischen Kicher-Krimis* erfunden, um zu beweisen, wie wunderbar Feminismus und humorvolle Aufklärung zusammenpassen.« (Katarina Struik, Aviva Berlin)

»TAUGENIXEN« (Paperback, 142 S., 978-3-89741-447-1)

»Im Stil von Agatha Christie« (Susanne Schramm, Kölnische Rundschau)

»Furioser Krimi!« (Katja Reim, SUPERillu)

»Gerade auf den letzten Seiten läuft die Autorin noch einmal zur Höchstform auf und lässt sogar den jungen Paul Auster inkognito vorbeischneien.« (Rolf Löchel, Literaturkritik)

»Ein erfrischender Kriminalroman mit feministischem Einschlag und queeren Figuren – kurzweilig, spannend und amüsant!« (Silvy Pommerenke, Aviva Berlin)

»SCHÖNER MORDEN« (Paperback, 168 S., 978-3-89741-433-4)

»Ein fulminantes Romandebüt« (Coopzeitung)

»Isabel Rohner ist keineswegs bierernst bei ihrer Sache, sondern mit einer grossen Portion Humor.« (Rolf App, St. Galler Tagblatt)